史街寻微

庋震 著

新星出版社 NEW STAR PRESS

目录

1 / 序言

1 / 大同
4 / 釜鼎
8 / 善任
11 / 戒贪
15 / 劝术
21 / 源流
24 / 廉魂
33 / 顺为
36 / 奸雄
40 / 心底
45 / 哲思
52 / 史实
55 / 寄望
58 / 诚告
61 / 守成
64 / 正邪
69 / 信赖
72 / 同道
75 / 天象
81 / 事业

85 / 时宜
89 / 文道
92 / 庙堂
94 / 说理
100 / 劝言
104 / 寒危
109 / 典籍
112 / 互鉴
116 / 事理
120 / 渐变
123 / 政本
126 / 共鸣
129 / 四维
131 / 附会
134 / 史道
138 / 轻重
141 / 确论
143 / 守直
146 / 知失
149 / 德政
152 / 惦念
155 / 得人

158 / 诚信
163 / 权法
166 / 股肱
168 / 表象
171 / 重任
174 / 书缘
176 / 本问
181 / 洒脱
184 / 新旧
187 / 包容
191 / 互见
194 / 标准
196 / 说听
204 / 儒法
207 / 见识
211 / 公道
219 / 奇文
223 / 安危
227 / 分合
230 / 存疑

序言

在过往岁月里，一些"人"、一些"事"在一定时空中交织叠加、聚合离散，风起云涌，时势变幻，"一时"形成似是偶然而又必然的"历史际遇"。一个人有多重要，一件事有多重大，在某一时点，许多情况下，身处其中，离得太近，虽能耳闻目睹，却不能视见首尾和全貌，看清意义，掂出分量。江河延流，云飘雾散，恩怨消弭，视野展阔，后人透见了里里外外的更多的因素、要处，便易获知前人包括当事人不曾知觉的"重要"，未曾发现的"重大"。

"一时"的人与事，影响着"当时"，也影响着"后世"。如果某种言行、某一事件"当时"影响甚微而"后世"影响甚大，那只能是因为释放影响的条件、让人"听见""看见"的条件"当时"并不具备。事实上，不论何时何人，其言行作为，利弊得失，会有一个"渐显""渐露"的过程，许多时候，即使人已不在、时过境迁，其后续影响也往往难以估量衡定。

轻风中的微尘细沙，飘落在历史天平的一端，竟产生了倾倒平衡的巨力，幽暗中的摇曳烛光，经风吹雨打，历漫漫长夜，千百年后，竟绽放出映亮人间的万丈光芒。"当时"微小而"后世"显大，是事物自身潜移默化的过程，是一种客观认知的递进，是人类的自觉和识能的赓续。在日落日出、星移斗转、四季轮回、寒暑交替中，"从前"的人、"从前"的事，似乎已"闪过""湮没"了。接着又来了很多人，又发生了很多事。"似曾相识"的人和事，往往让后人猛然回首，望见了从前的"某个人""某件事"，联想连接起了已走远的"过去"。

春暖夏炎，秋凉冬寒。时序递嬗，不舍昼夜。一个个时光印记连接起来，如墨如彩，绘成绵延壮阔的历史画卷。史学家们眺望"从前"的站位，超越的不只是时空，更是胸襟和眼界。

每个人和每件事都有客观的无法选择的"当时"。尘埃落定之后，"当时"的"局中"和"局外"因素早已移变迁动，而关前连后的原本价值才渐显出来。

北宋画家郭熙在绘画理论上很有建树，知得"远近浅深,四时朝暮,风雨明晦之不同"之理,提出了"高远""深远""平远"绘画"三远"之说,拓展了多维度的空间意境。看人论事,"三远"之说理亦在其中。细察深想,世间非凡之举,利国利民之言之行之事,多起于瞬间的细小。万千气象,始于边角,萌于隐微,迂回潜行,终见其大。

大同

仰望星空，易生联想。"大同世界"的向往展现了人类满腔的热望和宏远的追求。《礼记·礼运》如此描绘："大道之行也，天下为公。选贤与能，讲信修睦，故人不独亲其亲，不独子其子，使老有所终，壮有所用，幼有所长，鳏寡孤独废疾者皆有所养。男有分，女有归。货恶其弃于地也，不必藏于己；力恶其不出于身也，不必为己。是故谋闭而不兴，盗窃乱贼而不作，故外户而不闭，是谓大同。"

自有人类始，纷纭繁杂的一切，一切的纷纭繁杂，都围绕着一条这样的主线：人与自然、人与人、人与自己身心，挣脱"冲突"，归向"和谐"。《管子》中有"畜之以道，则民和；养之以德，则民合。和合故能谐，谐故能辑，谐辑以悉，莫之能伤"之言，阐述了"和谐"二字的最初之意。

古今中外，行"大道"、修"盛世"的政治家们，极为看重对政治制度的设定、构建，社会治理体系的完善、优化，人际风尚的培育、护养，目的都是实现善治、大治，养民益民。而逆"大道"、致"乱世"的政客们，丢掉了"为民"这个根本，不论表面上怎么妆点打扮，怎样虚张声势，骨子里是"为己"、"为私"、为"少数人"，他们手中握有的权力越重，地位越高，危害就越大。

"天下为公"，是一杆秤。衡量为政者"正"与"不正"，必以这杆秤心为准。若要"选贤与能"，须有良好的选人用人体制机制，选得公正是服众的基础。"贤""能"这两个字，高度凝练，品质、品行好，加上有能力水平，德才兼备，必能办事公道，想民所想，急民所急，解民所困。

"讲信修睦"，是社会的准则规范。若要人人诚实守信，老少无欺，互敬互爱，彼此尊重，需要所有人都有公心公德，都不能背离公众利益的"大道"。"信"与"睦"，字厚义实，人皆践行，方得风清气正、温和融融的社会环境。

康有为作《大同书》，他认为："大同之道，至平也，至公也，至仁也，治之至也，虽有善道，无以加此矣。"毛泽东曾指出："康有为写了《大同书》，他没有也不可能找到一条到达大同的路。"可见，要实现大同之梦，关键是要找到正确的道路。

"大同"，是大众的同，不只是外在物质上的同，更紧要的，是心愿之同，志向之同。同心同向的一切集聚起来，男女老少各尽所能，各取所需，亲诚惠容，美美与共，安康和顺，就能绘成盛景壮图。"路漫漫其修远兮"，祖辈们的追寻与当代人、未来人的追寻，应该是也必然是寄望在"大同世界"梦想里，这梦想的实现，虽看似遥远，但总在渐近……

釜鼎

《傅子》中有这么一段话,讲透了"相克相生""存异求同"的辩证法:

"天地至神,不能同道而生万物;圣人至明,不能一检而治百姓。故以异治同者,天地之道也;因物制宜者,圣人之治也。既得其道,虽有诡常之变,相害之物,不伤乎治体矣。水火之性相灭也,善用之者,陈釜鼎乎其间,爨之煮之,而能两尽其用,不相害也。五味以调,百品以成。天下之物为水火者多矣,若施釜鼎乎其间,则何忧乎相害?何患乎不尽其用也?"

釜鼎介乎水火之间,使相害相灭之物,变得相加相融,放入种种食材,便可烹出美味佳肴。其中蕴含"存异求同"之道。世间类似"釜鼎"这样的器物多矣,比如水库,雨多时蓄积,禾苗不被淹没,天旱时灌溉,不使禾苗缺水,以丰补歉,化害为利。往深处说,釜鼎的作用,就是把自然万物有效地组织起来，哪怕它们之间原本是相克相害的，想办法让其能相加相利相融，比如刑律。隋颁布过"盗一钱以上皆弃市""三人共盗瓜，事发即死"的律条。这样的法规是苛刻刑法，是激化社会矛盾的弊政。唐兴，废弃不当刑律，讲求"礼本刑辅，明刑助礼，礼法合一，以礼制法"，实施良法善治，则有了长治久安。人类社会是由各种利益元素共生的。没有科学适宜的制度，"差异""矛盾"就会放大和严重，演化成相克相害，社会不宁。而有了科学适宜的制度，如同有了"釜鼎"，就会消弭争端，化解冲突，形成合力，推动社会发展繁荣。

"和而不同"，这四个字高妙深奥。"若以水济水，谁能食之？若琴瑟之专壹，谁能听之？"《左传》中晏子的这两个比喻，是说给齐景公听的，也是说给更多的人听的。千种万物，芸芸众生，斑斓多彩。为政者的伟大，伟大的为政者，只会是善于"以异治同""因物制宜"者。自然，并非所有为政者都能成为"伟大"，都能成就"伟大"。不善政者，面对"不同""相克"之人之物之事，不懂顺为之道，不能化害为利，不能调理矛盾，结果是大事小事一团懵、一团乱、一团怨，给社会带来灾祸，给人民带来痛楚。当然，也给自己带来骂名、恶评。

选贤任能,是致治之道。朱元璋言:"盖贤才不备,不足以为治。"贤才者,定是善于"相加相容",将"釜鼎"置于种种"元素"之间,使一切人力、物力、财力,有顺有序、有条有理地聚合起来,让天下百姓得利受益。

唐朝刘知几在评价刘劭《人物志》时曾语:"五常异禀,百行殊轨,能有兼偏,智有短长。苟随才而任使,则片善不遗,必求备而后用,则举世莫可。"实现物尽其用、人尽其才,何物置放何处,何人放置何位,关键是要交相利,而不交相害。看人论事,只见相类相异是不够的,还要认知相辅相成。人类的进化,社会的发展,异中求同始终是正向的选择。政治家的深智大勇,展现的就是能够做到异中求同的能力和水平。作为政治家,必须懂得:面对人分能力强弱、智愚高低、利益观点主张不同的现实,一旦偏离异中求同正向,结果必会祸乱横生、灾害无穷。正确的选择是把稳存异求同、共同发展的舵向,以"万物并育而不相害,道并行而不相悖"为核心理念,尽可能多地找到人与人之间的"利益共同点",建立健全进而改革完善相关制度,尽可能地化解分歧、消减矛盾,兼顾公平和效率,使天下人各居其位、各尽所能、各得其所,和合共生,和合共存,和合共事。

"智者察同,愚者察异。愚者不足,智者有余。"《黄帝内经》中的话,确是医理之论,其言之大理,使人警悟。

铸造釜鼎,可泥可铜,可铁可钢。爱民为民者,必是铸造釜鼎的能工巧匠,更是善用釜鼎的技艺大师。

善任

《北齐书·文宣帝纪》记:"高洋,高欢之子,欢子甚多,欢尝试观诸子意识,各使治乱麻,帝(高洋)独抽刀断之,曰:'乱者须斩。'于是欢以国事付之。"后来高洋废东魏而自立,成为北齐开国者。

世上许多的现实之"果",是由此前和当下的许多"因"造成的。当有时间上的从容和宽许,遇事自可循序渐进、先易后难,一步一步"慢慢来"。而值生死关头,再无任何时间上的余地和容量时,快刀斩乱麻就成为必然选择。

太平盛世之治,与乱世危局之治,自然是不同的。太平盛世,并非没有潜在的危机和风险,只是主体尚好,矛盾没有激化,问题尚可缓解,"常见病""慢性病"摆在面前,看得见也来得及细想治疗之法。而乱世危局则不然。此时的危机已在眼前,此时的矛盾已经激化,此时的问题无法缓解,可谓命悬一线,稍耽误,便会政息人亡。北朝时期政局不稳,频有废立,高欢看中高洋,是想到了会有最紧要的关头,会有出大事的那一天。这就是"底线思维"。

选人用人有"底线思维"很重要。有些人才,"平时"怎么看都可以,解决一般问题也算过得去,而遇急事难事时,便"顶不上大用"了,"挡不住大事"了。这样的事例,不胜枚举,镜鉴颇多。

高欢选用高洋,是"比较"了诸子长处、短处后,从政治决断能力角度考虑的。其实,高洋这个人,毛病也不少。其执政后期,以功业自矜,大兴土木,劳民伤财,沉湎酒色,滥杀无辜,干了许多荒唐事。

用人上的成败故事,有的令人倍加赞赏,有的令人扼腕叹息。育才、辨才、用才,三个环节,哪一个都不简单。人的才能,不是天上掉下来的,认识人的长短需要眼光和机会,有才能的人不是干什么都行,由此可以说,知人难,善任更难。刘邦用张良、萧何、韩信三人,各用其长,用得出神入化,恰到好处,成为千古佳话。诸葛亮用马谡守街亭,不是马谡这个人不该用,而是人用错了地方。

唐太宗曾有"智者取其谋,愚者取其力,勇者取其威,怯者取其慎"之言。人有长短,关键是用人之长,避人之短。陆贽有"人皆含灵,唯其诱致"之言。在他看来,人才"有"与"无"的关键,不在人才本身,"好之则至,奖之则崇,抑之则衰,斥之则绝,此人才消长之所由也"。知人善任这篇文章，古今中外，答题著文的人很多，但结果往往是：同题不同文。

戒贪

《贞观政要》一书，专有《贪鄙》章节，其中三段唐太宗劝告大臣们要廉洁自律的话颇为"经典"：

贞观初，太宗谓侍臣曰："人有明珠，莫不贵重，若以弹雀，岂非可惜？况人之性命甚于明珠，见金钱财帛不惧刑网，径即受纳，乃是不惜性命。明珠是身外之物，尚不可弹雀，何况性命之重，乃以博财物耶？群臣若能备尽忠直，益国利人，则官爵立至。皆不能以此道求荣，遂妄受财物，赃贿既露，其身亦殒，实为可笑。帝王亦然，恣情放逸，劳役无度，信任群小，疏远忠正，有一于此，岂不灭亡？隋炀帝奢侈自贤，身死匹夫之手，亦为可笑。"

贞观二年，太宗谓侍臣曰："朕尝谓贪人不解爱财也，至如内外官五品以上，禄秩优厚，一年所得，其数自多。若受人财贿，不过数万，一朝彰露，禄秩削夺，此岂是解爱财物？规小得而大失者也。昔公仪休性嗜鱼，而不受人鱼，其鱼长存。且为主贪，必丧其国；为臣贪，必亡其身。《诗》云：'大风有隧，贪人败类。'固非谬言也。昔秦惠王欲伐蜀，不知其径，乃刻五石牛，置金其后，蜀人见之，以为牛能便金，蜀王使五丁力士拖牛入蜀，道成，秦师随而伐之，蜀国遂亡。汉大司农田延年赃贿三千万，事觉自死。如此之流，何可胜记！朕今以蜀王为元龟，卿等亦须以延年为覆辙也。"

贞观四年，太宗谓公卿曰："朕终日孜孜，非但忧怜百姓，亦欲使卿等长守富贵。天非不高，地非不厚，朕常兢兢业业，以畏天地。卿等若能小心奉法，常如朕畏天地，非但百姓安宁，自身常得欢乐。古人云：'贤者多财损其志，愚者多财生其过。'此言可为深诫。若徇私贪浊，非止坏公法，损百姓，纵事未发闻，中心岂不常恐惧？恐惧既多，亦有因而致死。大丈夫岂得苟贪财物，以害及身命，使子孙每怀愧耻耶？卿等宜深思此言。"

"奢靡之始，危亡之渐"。倡导廉洁，防范贪腐，把劝诫的话说到"前面"，说到"当面"，唐太宗做得十分"到位"。这里，角度好是关键。什么角度？大臣们切身利益的角度。"群臣若能备尽忠直，益国利人，则官爵立至。皆不能以此道求荣，遂妄受财物，赃贿既露，其身亦殒，实为可笑。""至如内外官五品以上，禄秩优厚，一年所得，其数自多。若受人财贿，不过数万。一朝彰露，禄秩削夺，此岂是解爱财物？规小得而大失者也。"唐太宗的话，站在群臣的角度说，情切理当，让人觉得亲切、贴心，容易"听进去"。

君王站在大臣们的利益立场上考虑问题，大臣们如果再听不明白，那就太糊涂、太不应该了。"朕终日孜孜，非但忧怜百姓，亦欲使卿等长守富贵。""卿等若能小心奉法，常如朕畏天地，非但百姓安宁，自身常得欢乐。"唐太宗向大臣们明白无误地表达了同舟共济、同光共荣的愿望，用心良苦，这样劝说，大臣们定会"深思此言"。

"贤者多财损其志，愚者多财生其过"。唐太宗引用古人的话，并说"此言可为深诫"，讲透利害关系。怎样看待"身外之物"，如何明白"小得"与"大失"之理，唐太宗的劝诫，不是"严声厉气"，不是"杀气腾腾"，而是"语重心长"，是"沁人肺腑"。古往今来，倡廉惩贪的话题一直热度不减、世人关注，延伸、接续的故事一直不断呈现，从前往后，从后往前，可评可论的人与事太多。细读深思唐太宗的这三段话，或许会让人另有认识上的收获。

如此苦口婆心，让大臣们不敢、不能、不想不义之财，从心底里想明白了，效果还是有的。《贞观政要》载："岑文本为中书令，宅卑湿，无帷帐之饰，有劝其营产业者，文本叹曰：'吾本汉南一布衣耳，竟无汗马之劳，徒以文墨致位中书令，斯亦极矣。荷俸禄之重，为惧已多，更得言产业乎？'言者叹息而退。"岑文本不受"产业"诱惑，不受出"瞎主意"人的影响，应该是发自内心的一种选择。

这个例子，是唐太宗身边众多大臣言行的一个缩影。贞观盛世，不仅是经济繁荣发展、百姓生活安康，也包括了吏风清正。

劝术

在"官场","劝说"与"听劝"都不是件容易的事情。"劝说"别人,该不该说,能不能说,说什么,怎么说,都大有学问。在中国史学著作中,不乏"劝说"的故事记载。因为"劝说",得到赏识嘉奖的有之,赢得晋升重用的有之,丢官降职的有之,获刑受罚的有之,惹来杀身之祸的有之。当然,瞎出主意,误人误事的亦有之。

《贞观政要·奢纵第二十五》中,马周上疏规劝唐太宗的记载颇为耐读:

> 贞观十一年,侍御史马周上疏陈时政曰:
> 臣历睹前代,自夏、殷、周及汉氏之有天下,传祚相继,多者八百余年,少者犹四五百年,皆为积德累业,恩结于人心。岂无僻王,赖前哲以免尔!自魏、晋已还,降及周、隋,多者不过五六十年,少者才二三十年而亡,良由创业之君不务广恩化,当时仅能自守,后无遗德可思。故传嗣之主政教少衰,一夫大呼而天下土崩矣。今

陛下虽以大功定天下，而积德日浅，固当崇禹、汤、文、武之道，广施德化，使恩有余地，为子孙立万代之基。岂欲但令政教无失，以持当年而已！且自古明王圣主，虽因人设教，宽猛随时，而大要以节俭于身、恩加于人二者是务。故其下爱之如父母，仰之如日月，敬之如神明，畏之如雷霆，此其所以卜祚遐长而祸乱不作也。

今百姓承丧乱之后，比于隋时才十分之一，而供官徭役，道路相继，兄去弟还，首尾不绝，远者往来五六千里，春秋冬夏，略无休时。陛下虽每有恩诏，令其减省，而有司作既不废，自然须人，徒行文书，役之如故。臣每访问，四五年来，百姓颇有怨嗟之言，以陛下不存养之。昔唐尧茅茨土阶，夏禹恶衣菲食，如此之事，臣知不复可行于今。汉文帝惜百金之费，辍露台之役，集上书囊，以为殿帷，所幸夫人衣不曳地。至景帝以锦绣纂组妨害女工，特诏除之，所以百姓安乐。至孝武帝穷奢极侈，而承文、景遗德，故人心不动。向使高祖之后，即有武帝，天下必不能全。此于时代差近，事迹可见。今京师及益州诸处营造供奉器物，并诸王妃主服饰，议者皆不以为俭。臣闻昧旦丕显，后世犹怠；作法于理，其弊犹乱。陛下少处民间，知百姓辛苦，前代成败，目所亲见，尚犹如此，而皇太子生长深宫，不更外事，即万岁之后，固圣虑所当忧也。

臣窃寻往代以来成败之事，但有黎庶怨叛，聚为盗贼，其国无不即灭，人主虽欲改悔，未有重能安全者。凡修政教，当修之于可修之时，若事变一起，而后悔之，则无益也。故人主每见前代之亡，则知其政教之所由丧，而皆不知其身之有失。是以殷纣笑夏桀之亡，而幽、厉亦笑殷纣之灭。隋帝大业之初，又笑周、齐之失国。然今之视炀帝，亦犹炀帝之视周、齐也。故京房谓汉元帝云："臣恐后之视今，亦犹今之视古。"此言不可不戒也。

往者贞观之初，率土霜俭，一匹绢才得粟一斗，而天下帖然。百姓知陛下甚忧怜之，故人人自安，曾无谤讟。自五六年来，频岁丰稔，一匹绢得十余石粟，而百姓皆以陛下不忧怜之，咸有怨言，又今所营为者，颇多不急之务故也。自古以来，国之兴亡不由蓄积多少，唯在百姓苦乐。且以近事验之，隋家贮洛口仓，而李密因之，东京积布帛，王世充据之，西京府库亦为国家之用，至今未尽。向使洛口、东都无粟帛，即世充、李密未必能聚大众。但贮积者固是国之常事，要当人有余力，而后收之。若人劳而强敛之，竟以资寇，积之无益也。

然俭以息人，贞观之初，陛下已躬为之，故今行之不难也。为之一日，则天下知之，式歌且舞矣。若人既劳矣，而用之不息，傥中国被水旱之灾，边方有风尘之警，狂狡因之窃发，则有不可测之事，非徒圣躬旰食晏寝而已。若以陛下之圣明，诚欲励精为政，不烦远求上古之术，但及贞观之初，则天下幸甚。

太宗曰："近令造小随身器物，不意百姓遂有嗟怨，此则朕之过误。"乃命停之。

马周的这篇上疏，讲"从前"，议"当今"，为的是说出"今京师及益州诸处营造供奉器物，并诸王妃主服饰，议者皆不以为俭"这个事实。讲"从前"，从夏、殷、周、汉，到魏晋以来各朝，从"积德累业，恩结于人心"，到"创业之君不务广恩化，当时仅能自守，后无遗德可思"，把"果"与"因"，通通讲了一遍。"节俭于身，恩加于人"，是关键。如此，方可实现"其下爱之如父母，仰之如日月，敬之如神明，畏之如雷霆"，达到长治久安之目标，即"卜祚遐长而祸乱不作也"。

马周这个人很会"说话"。为了让唐太宗励精图治，他敢于"揭短"，话说得"很重"："四五年来，百姓颇有怨嗟之言，以陛下不存养之。""自古以来，国之兴亡不由蓄积多少，唯在百姓苦乐。"为了让唐太宗听进去，他话又说得很有"分寸"，让人听着"顺耳"："然俭以息人，贞观之初，陛下已躬为之，故今行之不难也。为之一日，则天下知之，式歌且舞矣"，"若以陛下之圣明，诚欲励精为政，不烦远求上古之术，但及贞观之初，则天下幸甚"。规劝别人，"出发点""落脚点"很重要，方式方法也很重要。这个道理，不仅适用于"官场"，也适用于社会方方面面，甚或百姓居家过日子。

同一件事，同一个人，不同的人去劝，用不同的方式方法劝，效果往往大不一样。"劝"字里面学问大，"谋"深远，自是"劝"之要。而要"劝"得有效果，又确需劝之有法。治国安邦，要做到"为之于未有，治之于未乱"，需要厘清形势，找准时弊，对症施策。善于"听劝"，是政治家的基本政治素养。作为听劝一方，位高权重，必须懂得"观于明镜，则瑕疵不滞于躯；听于直言，则过行不累乎身"的道理，能够知晓下属的良苦用心。

马周等一群"贤臣"，敢说话、会说话，是因为他们忠心耿耿并具有较高的政治素养和道德修养。以下劝上，没有真知灼见不行，有真知灼见不敢说不行，光敢说不会说也不行。作为劝人一方，既要有见识，又要有胆量，还要有"劝术"，更要真诚恳切,这样才能达到目的。从这个角度看,马周这个人不简单。

　　黄仁宇曾说:"经过炀帝末年和唐高祖初年的厮杀,人心望治,有如魏徵所说,'譬如饥者易为食,渴者易为饮也'。李世民在这个时候勤于听政,勇于就谏,是以彻底地运用了机缘,而达成历史上的'贞观之治'。"治国理政,政治清明、良法善治,汇聚众智众力,对任何一个执政团队都至关紧要,至关重要。一旦形成了这样的氛围,便能上下同心,左右协力,同舟共济,共成大业。太平盛世成因虽多,少了这一条,恐怕是不行的。

源流

《贞观政要》载：

贞观十六年，太宗谓谏议大夫褚遂良曰："卿知起居，比来记我行事善恶？"

遂良曰："史官之设，君举必书。善既必书，过亦无隐。"

太宗曰："朕今勤行三事，亦望史官不书吾恶。一则鉴前代成败事，以为元龟；二则进用善人，共成政道；三则斥弃群小，不听谗言。吾能守之，终不转也。"

贞观初，有上书请去佞臣者，太宗谓曰："朕之所任，皆以为贤，卿知佞者谁耶？"

对曰："臣居草泽，不的知佞者，请陛下佯怒以试群臣，若能不畏雷霆，直言进谏，则是正人，顺情阿旨，则是佞人。"

太宗谓封德彝曰："流水清浊，在其源也。君者政源，人庶犹水，君自为诈，欲臣下行直，是犹源浊而望水清，理不可得。朕常以魏武帝多诡诈，深鄙其为人，如此，岂可堪为教令？"

谓上书人曰："朕欲使大信行于天下，不欲以诈道训俗，卿言虽善，朕所不取也。"

封建之制与君臣之治密切相关。作为封建君王，面对群臣，该怎样"去佞臣"？有人给唐太宗出了个"佯怒"的主意，但唐太宗没采纳。大概他有这样一个自信：自己作为帝王政源水清，臣下哪怕是"佞人"也能被感化成直臣。贞观时期忠直之臣满朝，与唐太宗政源水清有很大关系。

"流水清浊，在其源也。"源头浑浊，其流如何清澈？唐太宗立誓"勤行三事"，以身作则，做在前头，唐太宗讲清楚了君王的示范作用。"史官之设，君举必书。"褚遂良这句话说得掷地有声，坦坦荡荡。他是在讲史官的职守责任。这里确有个"先后"问题：君王引领在前，臣下随流在后；做事行为在前，文字记载在后。

有"前"才有"后"，这是时间的逻辑，也是因果现实。世象纷繁，时空交错，总有些日子里，正道大理时隐时现，时近时远。人们向往尘埃落定的日子，因为，这时会比较清明亮彻。客观上，不少的时候，浮尘飞舞，光怪陆离，伴生真善美的，总会有一些遮蔽、变形、失真的东西。智者的职责，就是自己和自己能够影响、带领的人一起，通过恰当作为，识见谜团背后的事实，不让真理蒙尘、真相藏匿，不让外在包裹成为视觉的屏障，影响人们的判断。

人贵有自知之明。时间上的"前"与"后"，有形又无形，昭示着事物的来去走向。唐太宗有自知之明，他知道史官职在录实，"善既必书，过亦无隐"，更懂得"君者政源"之理，己行不善，史书难以善，自己不正，无法正臣下。这种政治自觉，也使褚遂良这些大臣，能够正正派派地辅佐唐太宗。物阜民丰，天下太平，贞观之治的口碑，来自百姓。而君臣同心协力，终写光彩一笔。

贞观之治，二十三年，对于漫长的史途，只是短暂的一程。这一程，君臣都能把心里话说到前面，说到当面，仅此一点，就十分难得。在此前，于此后，君臣之间心口不一、此场合彼场合不一的现象甚多。康熙曾提出要谨防"在人主之前说一等语，退后又别作一等语"的人。这从另一侧面说明，君臣之间堂堂正正、坦诚相见，上下都自觉践行，做到做好不是那么容易。贞观之治，留给后人的经验很多，其中一条，就是在决策层面要有良好的聚智善治政治生态。

廉魂

海瑞生于明武宗正德九年（公元1514年），卒于明神宗万历十五年（公元1587年）。公元1565年，52岁的海瑞被调进京城。刚到户部任职不久，他就撰写了《治安疏》一文。此文一出，石破天惊，朝野震动。明世宗朱厚熜怒火万丈，托人买好棺材决心死谏的海瑞"如愿"获罪下狱。

在本文中，海瑞触痛了明世宗的哪些敏感神经呢？且看一看：

> 陛下自视于汉文帝何如？陛下天资英断，睿识绝人，可为尧、舜，可为禹、汤、文、武，下之如汉宣帝之励精，光武之大度，唐太宗之英武无敌，宪宗之志平僭乱，宋仁宗之仁恕，举一节可取者，陛下优为之。即位初年，铲除积弊，焕然与天下更始。举其犖犖大者如箴敬一以养心，定冠履以辨分，除圣贤土木之像，夺宦官内外之权，元世祖毁不与祀，祀孔子推及所生，天下忻忻然，以大有作为仰之。识者谓辅相得人，太平指日可期也。非虚语

也。高汉文帝远甚。然文帝能充其仁顺之性，节用爱人，吕祖谦称其不尽人之才力，情是也。一时天下虽未可尽以治安予之，而贯朽粟陈，民少康阜。三代下称贤君焉。

陛下则锐情未久，妄念牵之而去矣，反刚明而错用之，谓遥兴可得，而一意玄修。富有四海，不曰民之脂膏在是也，而侈兴土木。二十余年不视朝，纲纪弛矣。数行推广事例，名爵滥矣。二王不相见，人以为薄于父子。以猜疑诽谤戮辱臣下，人以为薄于君臣。乐西苑而不返宫，人以为薄于夫妇。天下吏贪将弱，民不聊生，水旱靡时，盗贼滋炽。自陛下登极初年，亦有之而未甚也。今赋役增常，万方则效，陛下破产礼佛日甚，室如悬磬，十余年来极矣。天下因即陛下改元之号，而臆之曰："嘉靖者，言家家皆净而无财用也。"

迩者严嵩罢黜，世蕃极刑，差快人意，一时称清时焉。然严嵩罢相之后，犹之严嵩未相之先而已，非大清明世界也，不及汉文帝远甚。天下之人不直陛下久矣，内外臣工之所知也。知之不可谓愚。《诗》云："衮职有阙，惟仲山甫补之。"今日所赖以弼棐匡救，格非而归之正，诸臣责也。岂以圣人而绝无过举哉？古者设官，亮采惠畴足矣，不必责之以谏。保氏掌谏王恶，不必设也。

木绳金砺，圣贤不必言之也，乃醮修相率进香，天桃天药，相率表贺。兴宫室，工部极力经营；取香觅宝，户部差求四出。陛下误举，诸臣误顺，无一人为陛下正言焉。都俞吁咈之风，陈善闭邪之义，邈无闻矣，谀之甚也。然愧心馁气，退有后言，以从陛下；昧没本心，以歌颂陛下。欺君之罪何如！

……

陛下之误多矣，大端在修醮。修醮所以求长生也。自古圣贤止说修身立命，止说顺受其正。盖天地赋予于人而为性命者，此尽之矣。尧、舜、禹、汤、文、武之君，圣之盛也，未能久世不终。下之，亦未见方外士汉、唐、宋存至今日，使陛下得以访其术者。陶仲文陛下以师呼之，仲文则既死矣。仲文不能长生，而陛下独何求之？至谓天赐仙桃药丸，怪妄尤甚。昔伏羲氏王天下，龙马出河，因则其文以画八卦；禹治水时神龟负文而列于背，因而第之以成九畴。河图、洛书，实有此瑞物，泄此万古不传之秘。天不爱道而显之圣人，借圣人以开示天下，犹之日月星辰之布列而历数成焉，非虚妄事也。宋真宗获天书于乾佑山，孙奭进曰："天何言哉！岂有书也？"桃言采而得，药人工捣合以成者也。无因而至，桃药有足行耶？天赐之者，有手执而付之耶？陛下玄修多年矣，一无所得。至今日左右奸人，逆陛下悬思妄念，区区桃药导之长生，理之所无，而玄修之无益可知矣。

……

陛下诚知玄修无益，臣之改行，民之效尤，天下之不安不治与由之，翻然悟悔，日视正朝，与宰辅、九卿、侍从、言官讲求天下利害，洗数十年君道之误，置其身于尧、舜、禹、汤、文、武之上；使其臣亦得洗数十年阿君之耻，置其身于皋、夔伊、傅相后先，明良喜起，都俞吁咈。内之宦官宫妾，外之光禄寺厨役、锦衣卫恩荫、诸衙门带俸，举凡无事而官者亦多矣。上之内仓内库，下之户工部光禄寺诸厂藏段绢、粮料、珠宝、器用、木材诸物，多而积于无用，用之非所宜用亦多矣。诸臣必有为陛下言者。诸臣言之，陛下行之，此则在陛下一节省间而已。京师之一金，田野之百金也。一节省而国有余用，民有盖藏，不知其几也。而陛下何不为之？

官有职掌，先年职守之正、职守之全而未之行，今日职守之废、职守之苟且因循、不认真、不尽法而自以为是。敦本行以端士习，止上纳以清仕途，久任吏将以责成功，练选军士以免召募，驱缁黄游食以归四民，责府州县兼举富教，使成礼俗，复屯盐本色以裕边储，均田赋丁差以苏困敝，举天下官之侵渔，将之怯懦，吏之为奸，刑之无少姑息焉。必世之仁，博厚高明悠远之业，诸臣必有为陛下言者。诸臣言之，陛下行之，此则在陛下一振作间而已。一振作而百废具举，百弊铲绝，唐虞三代之治，粲然复兴矣。而陛下何不为之？

节省之，振作之，又非有所劳于陛下也。九卿总其纲，百职分其绪，抚按科道纠率肃清于其间，陛下持大纲、稽治要而责成焉。劳于求贤，逸于任用，如天运于上而四时六气各得其序，恭己无为之道也。天地万物为一体，固有之性也。民物熙洽，熏为太和，而陛下性分中自有真乐矣。可以赞天地之化育，则可与天地参。道与天通，命由我立，而陛下性分中有真寿矣。此理之所有，可旋至而立有效者也。若夫服食不终之药，遥兴轻举，理之所无者也。理所无而切切然散爵禄，竦精神玄修求之，悬思凿想，系风捕影，终其身如斯而已矣。求之其可得乎！

……

海瑞在《治安疏》文尾写道："君道不正，臣职不明，此天下第一事也。于此不言，更复何言？大臣持禄而外为谀，小臣畏罪而面为顺，陛下诚有不得知而改之行之者，臣每恨焉。是以昧死竭惓惓为陛下言之。一反情易向之间而天下之治与不治，民物之安与不安，于焉决焉。伏惟陛下留神，宗社幸甚，天下幸甚。"

明世宗在位长达45年，败政实多，积弊甚大。海瑞的《治安疏》，写在嘉靖朝尾，几乎可说是一个"小结"式的点评，让明世宗龙颜大怒，也给海瑞带来牢狱之灾。海瑞的"难听话"实在是捅到了明世宗的痛处，"天下第一疏"也由此得名。《明史·海瑞传》赞曰："海瑞秉刚劲之性，戆直自遂，盖可希风汉汲黯、宋包拯。苦节自厉，诚为人所难能。"李贽评价："先生如万年青草，可以傲霜雪而不可充栋梁。"

"天下第一疏"谈了些什么"不中听"的话呢？海瑞开宗明义，把自己要"正君道、明臣职"的主张讲出来："美曰美，不一毫虚美；过曰过，不一毫讳过。"

对明世宗，海瑞还是先说了些肯定的话，尤其是"即位初年，铲除积弊，焕然与天下更始"。接着，话锋一转，"陛下则锐情未久，妄念牵之而去矣。反刚明而错用之，谓长生可得，而一意玄修。富有四海，不曰民之脂膏在是也，而侈兴土木。二十余年不视朝，纲纪弛矣。"接下来，海瑞细数了明世宗的"不是",甚至用了"陛下之误多矣"这样的"大逆不道"的词语。在"数落"够了明世宗及百官之后,海瑞还向明世宗提出了一系列"良策",目的是希望"一振作而百废具举,百弊铲除,唐虞三代之治,粲然复兴矣"。

明世宗拿着这份大胆直言的上疏,看着这些"实话",除了大发雷霆,内心也受到了极大触动,毕竟这些刺耳话都是沉甸甸的。于国于民,他确实做了不少应感到愧疚的事,也用错了类似严嵩、严世蕃父子这样的奸臣,这也使他下不了杀掉海瑞的决心,后来虽判海瑞死罪,也未执行。其实,海瑞这份上疏,写晚了也送晚了,明世宗如果早十年八年阅读此文,他或许能在最后执政的年月里少犯些错误,能够多做些对国家对百姓有益的事。这是嘉靖一朝的遗憾,更是历史的遗憾。所幸,"天下第一疏"成了此后人们的镜鉴,成为不朽的篇章。海瑞也因刚直不阿、清正廉明被人们称为"海青天"。

海瑞自幼丧父,嘉靖二十八年,35岁参加乡试成为举人,这是他人生的一个重要起点。

为官过程中,海瑞始终坚守着自己"读圣贤书,干国家事"的大志向。干净干事,无私无畏,赤胆忠心,明辨是非,坚持原则,始终是他的追求。

海瑞在《淳安县政事序》中说："天生一物，即所以生万物之理。故一人之身，万物之理无不备焉。万物之理备于一人，故举凡天下之人，见天下之有饥寒疾苦者必哀之，见天下之有冤抑沉郁不得其平者必为忿之。"

在为澄县县令获朝廷奖励一事所写序中，海瑞写道："柴马俸禄外，以一毫充己用，以一毫市己私，不免即此一毫为亲民殃。门皂胥吏以外，以一人充己役，以一人市己私，不免即此一人为部民害。仅一人一毫，已非居官之正、仁民之道矣。况日积一毫，积一毫成千百毫，积一人成千万人哉！"

直言必然会戳到极痛处，谏者常常会遭遇不测之祸。海瑞对此是清楚的，他还清楚自己不与别的官吏同流合污，很有可能会成为另类被淘汰，但他仍坚持这么做。

海瑞清廉，根在灵魂深处。他所以能表里如一，自始至终，是因为他有为人为官的准则信念，有世俗力量无法撼动的恒定价值坐标。苏轼《范增论》中有"物必先腐也，而后虫生之"之句。海瑞的清廉之根，促使他从点滴做起，谨小慎微，防微杜渐，防小变大。

内因是关键，外因是条件。当外在的约束失效时，人滑入贪腐的泥潭，须于内在找原因。好品德是后天养成的。没有哪个人天生就能做到公私分明甚至大公无私。对于戒贪，人不会有天生的"免疫力"。这里，教养之功力，后天的修炼是关键。人努力抵达的境界，说起来也不复杂："见善如不及，见不善如探汤""见贤思齐焉，见不贤而内省也"。

海瑞品行端正，为官清廉，亲民爱民，为同代人和后世树立了榜样。这榜样，近看是，远看也是。

顺为

研究道家思想,需要深入了解"无为而治"四字的内在。作为集道家思想之大成的一部著作,《淮南子》中有这么一段话:

> 昔舜耕于历山,期年而田者争处墝埆,以封壤肥饶相让;钓于河滨,期年而渔者争处湍濑,以曲隈深潭相予。当此之时,口不设言,手不指麾,执玄德于心,而化驰若神。使舜无其志,虽口辩而户说之,不能化一人。是故不道之道,莽乎大哉!夫能理三苗,朝羽民,徙裸国,纳肃慎,未发号施令,而移风易俗者,其唯心行者乎!法度刑罚,何足以致之也?

舜的"耕""钓"之举带来的结果,提供了最好的说明。"口不设言,手不指麾,执玄德于心,而化驰若神",示范作用,无言无令,却有巨大的效用。"不道之道"是什么道?人们很自然会联想到老子的"道生一,一生二,二生三,三生万物",联想到他说的"视之不见""听之不闻""搏之不得"及"道常无为而无不为""以辅万物之自然而不敢为"。《淮南子》以舜的成功举措为例,证明了自然无为的信念和德行感化民众是成事之道。这个道,内化于人与人共存、人与天地共存中,不仅是尊重自然规律,还要因势利导、积极作为,要做成利国利民的事。

生于春秋末年礼崩乐坏的乱世,老子内心深处免不了有些许悲观、失望的情绪。他畅想着"复归于无极""复归于朴",设想了一个"返璞归真"的路子:"小国寡民,使有什伯之器而不用;使民重死而不远徙。虽有舟舆,无所乘之;虽有甲兵,无所陈之。使人复结绳而用之。甘其食,美其服,安其居,乐其俗。邻国相望,鸡犬之声相闻,民至老死不相往来。"显然,老子的"复归自然"是不现实的。"回不去"是历史的必然。

时光荏苒,从春秋末年,到西汉前期,道家思想也在演进。《淮南子》以黄老之道为本原,融儒家的仁政学说、法家的法治理念等为一体,创新丰富了道家思想,赋予其积极的"顺势而为"的新的内涵。

道家思想,在漫长的岁月长河里绵延发展,悟解蔓发,然其"本来",正如司马迁在《史记·太史公自序》中引其父

《论六家要旨》说:"道家无为,又曰无不为,其实易行,其辞难知,其术以虚无为本,以因循为用。"《汉书·艺文志》评论道家:"秉要执本,清虚以自守,卑弱以自持。"无论如何,道家学说于纷繁世事中寻道问路,成一家言,具有独特的启智作用。

一路走来,人类经历艰辛无数,坎坷无数,曲折无数,伤痛无数,遗憾无数,但得失中最大的握有,是坚守着前行的信心,总想着好日子在前面,不停地朝前走。百家言,千家说,人类苦苦求索,不停地寻找新路径。经萧瑟秋风,历凛冽寒冬,终是暖风徐徐,又是花繁叶茂。人类探路向前,不能停下脚步,也不会停住脚步。

奸雄

说到奸雄，有四个历史人物不能不提及：一是秦朝的赵高，二是东汉的董卓，还有唐朝的武三思、安禄山。

赵高是秦二世的丞相，他独揽大权，结党营私，暴虐无道。赵高虽然在宫中"管事二十余年"，但一开始并不怎么"显眼"。真正在政治舞台突出"亮相"，是在秦始皇死后。公元前210年，秦始皇病死沙丘。赵高与李斯合谋伪造诏书，逼始皇长子扶苏自杀，另立始皇幼子胡亥为帝，而后又设计害死李斯，成为秦二世的丞相。李斯遇害时，被夷三族。"事无大小辄决于高"，赵高成为权倾一时的"大人物"。秦王朝有了赵高这样的奸臣，朝纲乱象丛生，加之"赋敛愈重，戍徭无已"，民不聊生，终于土崩瓦解。"指鹿为马"的故事便发生在此时。又过了三年，他逼秦二世自杀，另立子婴为秦王。子婴不愿重蹈胡亥覆辙，设计杀死了赵高。

董卓这个人颇有些心计。他以陇西为根据地，手握重兵，设计出登上权力巅峰的具体步骤。他利用朝廷派系之争，趁乱而入，废杀少帝刘辩，改立献帝刘协，实现了"挟天子以令诸侯"的目的。

权倾一时的董卓大肆加封董氏家庭成员，甚至到了"卓侍妾怀抱中子，皆封侯，弄以金紫"的程度。董卓在自己的封地修筑了与长安城墙规模相当的名为"万岁坞"的城堡。董卓培植党羽，排斥异己，残害忠良，滥杀无辜，朝廷内外怨声载道。董卓被杀后，满朝文武高呼万岁，长安百姓载歌载舞，一片欢庆。

陈寿《三国志》中评价："董卓狼戾残忍，暴虐不仁，自书契已来，殆未之有也。"王允评价："卓，国之大贼，杀主残臣，天地所不祐，人神所同疾。"裴松之评价："董卓自窃权柄，至于陨毙，计其日月，未盈三周，而祸崇山岳，毒流四海。其残贼之性，虿豺狼不若。"李世民评价："至如赵高之殒二世，董卓之鸩弘农，人神所疾，异代同愤。"刘知几评价："汉之有董卓，犹秦之有赵高。"

从赵高，再到董卓，结局都一样，遭世人唾骂，为天下人不齿。赵高、董卓虽处不同朝代，但营私弄权、祸国殃民这一点，又极为相同。

唐代李德裕在《丹扆六箴·辨邪箴》中有"居上处深，在察微萌；虽有谗慝，不能蔽明"之句。从历史的经验来看，政治舞台上出现"奸雄"也好，"奸贼"也罢，都不是偶然的现象，而都有其内在的根因。秦王朝、汉王朝、唐王朝、宋王朝、元王朝、明王朝、清王朝，都有一部兴衰史。等到政权大厦倾废之时，"改朝换代"大势滚滚而来，谁都无法阻拦。大浪淘沙中，血与火的洗礼中，就混杂一些蒙蔽一时、得势一时、猖狂一时的"奸雄""奸贼"。

奸贼也有说话坦率直白的。唐代武三思便是其一。武三思曾这么说："我不知代间何者谓之善人，何者谓之恶人；但于我善者则为善人，于我恶者则为恶人耳。"武三思"坏名声"虽然没有董卓、赵高那么大，但从本性上讲，是同一类人。武三思的品性品德和处世哲学，与董卓、赵高之流本质相同。武三思凭借着武则天的侄子、李显的姑表兄弟和亲家的身份，在武后、中宗两朝极受宠信。他权倾朝野，飞扬跋扈，不思谋国利民，只一味谋求私利，作恶多端，终得恶报。

大奸若忠。公元743年，唐玄宗第一次见到了安禄山。安禄山"几垂至地"的便便大腹引发了唐玄宗的好奇心。唐玄宗问："腹中何物？其大乃尔！"安禄山回答得十分干脆："臣腹中更无他物，唯赤心耳！"安禄山的回答，当然是骗人的假话。而唐玄宗听了很觉"顺耳"，不仅不反感，反而更信任安禄山。再后来，便有了"安史之乱"。"奸雄""奸贼"一旦成势作祟，必会祸国殃民，产生极大危害。历史的无情和有情在于世道人心的公正。"奸雄""奸贼"最终被天下人唾弃，被钉在历史的耻辱柱上，说明"天不藏奸"，"奸者"必无好下场。

孟子说过："桀纣之失天下也，失其民也；失其民者，失其心也。得天下有道：得其民，斯得天下矣；得其民有道：得其心，斯得民矣；得其心有道：所欲与之聚之，所恶勿施，尔也。"为官者应守住的最基本的底线，其实也只有两个字，那就是"为民"。守住了这条"底线"，再加上知察民意、民愿，有作为、善治理，那就会国幸、民幸、己幸。老百姓评价"好官""坏官"，"时评"也好，"后评"也罢，"为民"的标尺，始终都在起决定性作用。

离开了"为民"这条"正路"，官位越高，权力越大，败得越狠，摔得越惨，而国家和人民也同时会蒙受巨大的损失。

赵高、董卓、武三思、安禄山这些人，逆社会潮流而动，丧心病狂，穷凶极恶，是人民的公敌，终成历史的罪人。

心底

东晋陶渊明在《归去来兮辞》并序中写道:

  余家贫,耕植不足以自给。幼稚盈室,瓶无储粟,生生所资,未见其术。亲故多劝余为长吏,脱然有怀,求之靡途。会有四方之事,诸侯以惠爱为德,家叔以余贫苦,遂见用于小邑。于时风波未静,心惮远役。彭泽去家百里,公田之利,足以为酒。故便求之。及少日,眷然有归欤之情。何则?质性自然,非矫厉所得。饥冻虽切,违己交病。尝从人事,皆口腹自役。于是怅然慷慨,深愧平生之志。

这段话,讲述了陶渊明从任彭泽令到辞官的过程和因由。而《归去来兮辞》一文则把脱离仕途归隐田园的心迹完整呈现出来:

归去来兮,田园将芜胡不归?既自以心为形役,奚惆怅而独悲?悟已往之不谏,知来者之可追。实迷途其未远,觉今是而昨非。舟遥遥以轻飏,风飘飘而吹衣。问征夫以前路,恨晨光之熹微。

乃瞻衡宇,载欣载奔。僮仆欢迎,稚子候门。三径就荒,松菊犹存。携幼入室,有酒盈樽。引壶觞以自酌,眄庭柯以怡颜。倚南窗以寄傲,审容膝之易安。园日涉以成趣,门虽设而常关。策扶老以流憩,时矫首而遐观。云无心以出岫,鸟倦飞而知还。景翳翳以将入,抚孤松而盘桓。

归去来兮,请息交以绝游。世与我而相违,复驾言兮焉求!悦亲戚之情话,乐琴书以消忧。农人告余以春及,将有事于西畴。或命巾车,或棹孤舟。既窈窕以寻壑,亦崎岖而经丘。木欣欣以向荣,泉涓涓而始流。善万物之得时,感吾生之行休。

已矣乎!寓形宇内复几时?曷不委心任去留?胡为乎遑遑欲何之?富贵非吾愿,帝乡不可期。怀良辰以孤往,或植杖而耘耔。登东皋以舒啸,临清流而赋诗。聊乘化以归尽,乐夫天命复奚疑!

陶渊明的"超脱"虽并不纯粹，其内心深处并不安宁、平静，而其"清苦"却是现实的。"野外闲居"的生活虽说不是"吃了上顿没下顿"，但确确实实在某些时候捉襟见肘，快到"揭不开锅"的地步了。从《归去来兮辞》中，能够透见其气节，亦能察知其境况，更可展现其心志。

陶渊明的"消极"，并不"真实"。对官场生态恶化的不满，许多人认为他选择了"逃避"。而陶渊明的"躲起来"是有保留的，不完全的，甚至是一种假象。从他的一篇篇诗文看，内心千愁百绪的挣扎中，始终蕴藏着一股巨大的正向能量，让他满怀对美好理想的期待、向往，《桃花源记》是代表作，与《归去来兮辞》脉传一致。陶渊明的选择，是有精神指引的，有信守、信仰的内在。在《饮酒·其五》中，陶渊明写道："结庐在人境，而无车马喧。问君何能尔？心远地自偏。采菊东篱下，悠然见南山。山气日夕佳，飞鸟相与还。此中有真意，欲辨已忘言。""真意"二字，有深刻内涵。他以刚毅的意志支撑着这种选择，"困苦"中找"快乐"，"忽与一觞酒，日夕欢相持"，"且共欢此饮，吾驾不可回"。陶渊明把别的一切都搁下了，而独舍不下这杯酒！这杯酒里满是无人能解的深虑大忧！

公元405年，对40岁的陶渊明而言，是其一生中的重要转折点。这一年,他告别了十三年的仕途,下定了归田的决心,也留下了名篇《归去来兮辞》。欧阳修的评价讲清楚了此文的历史地位:"两晋无文章,幸独有《归去来兮辞》一篇耳,然其词义夷旷萧散,虽托楚声,而无其尤怨切蹙之病。"

《归去来兮辞》讲的是"归因",而《桃花源记》展现的是"愿景"。这两篇文章,放在一起读,才能看清陶渊明积极人生的一面,才能摒弃对他"逃避现实""空想家"的不当评价。"木欣欣以向荣,泉涓涓而始流","登东皋以舒啸,临清流而赋诗",与《桃花源记》中"忽逢桃花林,夹岸数百步,中无杂树,芳草鲜美,落英缤纷","土地平旷,屋舍俨然,有良田美池桑竹之属",形成了前后的照应,大自然之美,普通百姓生活的质朴,与黑暗的腐败的官场形成了巨大的反差。躬耕僻野,安贫乐道,这种"得"与"失",常人眼光所及,实在难以看到他的心底世界。

"方宅十余亩,草屋七八间。榆柳荫后檐,桃李罗堂前。""时复墟曲中,披草共来往。相见无杂言,但道桑麻长。""岂期过腹满,但愿饱粳粮。御冬足大布,粗絺已应阳。"陶渊明对自己选择的坚守发自内心,他的农耕生活标准要求很低,这种清苦中的坚守,能驱散自己身处乱政乱象之世心中压藏着的层层愁云。从"官场"到乡野,清苦简朴的田园

史街寻微

生活润映在他的诗文中，透着如释重负的散淡闲逸气息。

　　陶渊明消极的一面并不是逃避无法改变又不愿顺从的现实。他真正的消极，恰恰是对人的生命短暂的忧惧，"善万物之得时，感吾生之行休"，"聊乘化以归尽，乐夫天命复奚疑"。正因为如此，他向往"怡然自乐"的田园生活，即便选择"有限的超脱"。

哲思

苏轼的《前赤壁赋》和《后赤壁赋》是姊妹篇。"合读"时会在比较中获得"单读"时不曾有的悟见。

先看《前赤壁赋》全文：

壬戌之秋，七月既望，苏子与客泛舟游于赤壁之下。清风徐来，水波不兴。举酒属客，诵明月之诗，歌窈窕之章。少焉，月出于东山之上，徘徊于斗牛之间。白露横江，水光接天。纵一苇之所如，凌万顷之茫然。浩浩乎如冯虚御风，而不知其所止；飘飘乎如遗世独立，羽化而登仙。

于是饮酒乐甚，扣舷而歌之。歌曰："桂棹兮兰桨，击空明兮溯流光。渺渺兮予怀，望美人兮天一方。"客有吹洞箫者，倚歌而和之。其声呜呜然，如怨如慕，如泣如诉；余音袅袅，不绝如缕。舞幽壑之潜蛟，泣孤舟之嫠妇。

苏子愀然，正襟危坐而问客曰："何为其然也？"客曰："'月明星稀，乌鹊南飞'，此非曹孟德之诗乎？西望夏口，东望武昌，山川相缪，郁乎苍苍，此非孟德之困于周郎者乎？方其破荆州，下江陵，顺流而东也，舳舻千里，旌旗蔽空，酾酒临江，横槊赋诗，固一世之雄也，而今安在哉？况吾与子渔樵于江渚之上，侣鱼虾而友麋鹿，驾一叶之扁舟，举匏樽以相属；寄蜉蝣于天地，渺沧海之一粟。哀吾生之须臾，羡长江之无穷。挟飞仙以遨游，抱明月而长终。知不可乎骤得，托遗响于悲风。"

苏子曰："客亦知夫水与月乎？逝者如斯，而未尝往也；盈虚者如彼，而卒莫消长也。盖将自其变者而观之，则天地曾不能以一瞬；自其不变者而观之，则物与我皆无尽也，而又何羡乎！且夫天地之间，物各有主，苟非吾之所有，虽一毫而莫取。惟江上之清风，与山间之明月，耳得之而为声，目遇之而成色，取之无禁，用之不竭：是造物者之无尽藏也，而吾与子之所共适。"

客喜而笑，洗盏更酌。肴核既尽，杯盘狼藉。相与枕藉乎舟中，不知东方之既白。

再看《后赤壁赋》全文：

是岁十月之望，步自雪堂，将归于临皋。二客从予过黄泥之坂。霜露既降，木叶尽脱，人影在地，仰见明月，顾而乐之，行歌相答。已而叹曰："有客无酒，有酒无肴，月白风清，如此良夜何！"客曰："今者薄暮，举网得鱼，巨口细鳞，状如松江之鲈。顾安所得酒乎？"归而谋诸妇。妇曰："我有斗酒，藏之久矣，以待子不时之需。"于是携酒与鱼，复游于赤壁之下。江流有声，断岸千尺；山高月小，水落石出。曾日月之几何，而江山不可复识矣。予乃摄衣而上，履巉岩，披蒙茸，踞虎豹，登虬龙，攀栖鹘之危巢，俯冯夷之幽宫。盖二客不能从焉。划然长啸，草木震动，山鸣谷应，风起水涌。予亦悄然而悲，肃然而恐，凛乎其不可留也。反而登舟，放乎中流，听其所止而休焉。时夜将半，四顾寂寥。适有孤鹤，横江东来。翅如车轮，玄裳缟衣，戛然长鸣，掠予舟而西也。

须臾客去，予亦就睡。梦一道士，羽衣蹁跹，过临皋之下，揖予而言曰："赤壁之游乐乎？"问其姓名，俯而不答。"呜呼！噫嘻！我知之矣。畴昔之夜，飞鸣而过我者，非子也邪？"道士顾笑，予亦惊寤。开户视之，不见其处。

公元1079年，宋神宗元丰二年，苏轼经历了一场"牢狱之灾"，即"乌台诗案"。卷入"乌台诗案"，始自苏轼调任湖州知州之后。作为例行公事，苏轼给宋神宗写了一封《湖州谢上表》。文中夹带了自己的一些"随感"，说自己"愚不适时，难以追陪新进"，"老不生事，或能牧养小民"，等等。此文一出，震动朝野，上任才三个月的苏轼被御史台的吏卒逮捕，押往京城。苏轼获罪，官场震动，此时，"落井下石"者有，"推波助澜"者有，"挺身而出"者有。为苏轼说情的人中，有宰相吴充。吴充直言："陛下以尧舜为法，薄魏武固宜，然魏武猜忌如此，犹能客祢衡，陛下不能容一苏轼何也？"狱中百多日，在经历了"杀"与"不杀"的斟酌后，宋神宗决定从轻发落，贬苏轼为黄州团练副使。公元1082年的秋天和冬天，苏轼两次游览了黄州赤壁，写下了《前赤壁赋》和《后赤壁赋》。

谪居黄州后，为保生计，苏轼在黄州东门外，开垦荒地，耕种稻菽，养鱼栽树，搭建泥瓦农舍，拥有"雪堂"，成为"东坡居士"。这种境况下，游黄州城外的赤壁山，会是怎样的心情？游归落笔写下的《前赤壁赋》和《后赤壁赋》又要告诉人们什么呢？

两篇赋中，都有"主""客"两个"当事人"。赋中也都花了许多笔墨"写景",都写"山""水""月",都开怀饮酒,虚实之间,作者让自己"融进去"又"跳出来",看似是赤壁山游玩的"流水账",实际上在字里行间透出作者逆境中对"我从哪里来,将到哪里去"的深刻哲思。

苏轼的仕途,一波三折,开始曾对王安石变法不满,受到新党打压;后对司马光尽废新法不满,又为旧党不容。新党将其贬黄州,旧党将其贬颍州、惠州、儋州。宋徽宗即位后,被调廉州安置、舒州团练副使、永州安置。赶上元符三年大赦,苏轼复任朝奉郎,北归途中,卒于常州,终年66岁。读《前赤壁赋》和《后赤壁赋》,视线一定不能离开苏轼坎坷仕途的轨迹。从不讨新党喜欢,到又不受旧党待见,苏轼真真如一叶"孤舟",漂浮江上,浪迹天涯。

读《前赤壁赋》和《后赤壁赋》,领悟其精髓要义,须加读《念奴娇·赤壁怀古》。此文豪迈、壮阔、远大:"大江东去,浪淘尽,千古风流人物。故垒西边,人道是,三国周郎赤壁。乱石穿空,惊涛拍岸,卷起千堆雪。江山如画,一时多少豪杰。遥想公瑾当年,小乔初嫁了,雄姿英发。羽扇纶巾,谈笑间,樯橹灰飞烟灭。故国神游,多情应笑我,早生华发。人生如梦,一樽还酹江月。"

这首词写于公元 1082 年(宋神宗元丰五年)。

其实，被贬黄州期间，苏轼所写的诗文，细细品味，会觉出四分洒脱，三分豪气，还有三分悲凉。"清风徐来，水波不兴。举酒属客，诵明月之诗，歌窈窕之章"，"客喜而笑，洗盏更酌。肴核既尽，杯盘狼藉"，"霜露既降，木叶尽脱，人影在地，仰见明月，顾而乐之，行歌相答"。如此放松心态，透见出一种旷达自适的性格，反映出作者思想认知的变化。显然，"也无风雨也无晴"的淡定心境，有些东西他已经能够"放下了"。

厄运面前，难熬的不是失去什么，而往往是思想上的迷惘、踟蹰和困顿，而一旦看清楚了，想明白了，人也就变得胸襟展阔，境界开远。《前赤壁赋》的主客"哀吾生之须臾，羡长江之无穷"和"逝者如斯，而未尝往也；盈虚者如彼，而卒莫消长也。盖将自其变者而观之，则天地曾不能以一瞬；自其不变者而观之，则物与我皆无尽也，而又何羡乎"的"问"与"答"，已透见作者对天地人间的哲学思考。

《后赤壁赋》中，"孤鹤"和"道士"的出现，寓意颇深。作者半夜眼见"翅如车轮，玄裳缟衣，戛然长鸣"的"孤鹤"，"掠予舟而西也"，入梦后又遇"羽衣蹁跹""俯而不答"的"道士"，增添了几分神秘，也给人们留下了巨大的猜想空间。世间万事万物，有前后，有长短，有存亡，轨迹运行，表象可显可现。然而，最难在认知上一致的，往往是事物背后隐含的内在和事理。不论《前赤壁赋》还是《后赤壁赋》，虽然都看似是赏月饮酒后的写景叙事之作，实则是为了"说点什么"。而正是这其中蕴藏的"说点什么"，才成就了这两篇文章的不朽。

史实

史书一册，百年千载。后人开卷读来，"明白"与"不明白"时常交织在一起。仔细想想，许多的"不明白"，来自字里行间存在的一个又一个的"谜团"。比如，宋史上"烛影斧声"这样的"谜团"，就不是史学家能说清楚的，不是后人能解得开的。

历史的"窗户"，往往让后人"望得见"而又"看不透"。越是晴朗的日子，"窗户"开得越是敞亮，阳光明媚，和风顺流，里外交融；越是阴冷雨雪和大雾迷漫的日子，"窗户"关得越是严实。防寒御冷，阻风遮雨，需要紧密门窗。历史的演进，当风和日丽的时候，"透明度"往往是比较高的，而暴风骤雨的时候，"能见度"往往是比较低的。历史的大变故、大转弯、大起伏、大更替，其机要处、关键点，往往不是时人、后人尽知全晓。

"窗户"背后的秘密，知者少是因为当事者少，更是因为见证者少。史官之职，在于记实。事实上，即使离"史实"最近的史官，有时也不掌握"内情"。"窗内"的故事，百年千载之后，任凭猜想，其"添枝加叶""延伸想象"的空间是巨大的。"窗外"的猜想，从"总量"上说，往往大大超过"窗内"的"实况"。"实况"被"窗户"挡在了背后。人们关心某时某人某事的"窗内"实况，除了人们探寻历史真相的好奇之外，实在是这"实况"藏有许多人们不知想知的东西，或者说这些不知想知的东西关系人们的近利远益。

"真相大白"在许多时候，迟缓些并不是问题，如果过些日子能够"水落石出"，"史实"显现只不过晚些而已。这中间，史学家们也会尽职尽责，做到"记功司过、彰善瘅恶"。让人遗憾的，是在"史料"的存亡上出了根本问题，即某些"史实"，既无"录证"，又无"人证"。留给后人的只剩下远眺时代底色中的"猜想"。这才是人类的损失，真真是少了一大笔"鉴往知今"的文化遗产。

明代吕坤在《呻吟语·修身》中有这么几句话，史学家也可作为参考："大其心，容天下之物；虚其心，受天下之善；平其心，论天下之事；潜其心，观天下之理；定其心，应天下之变。""史实"是基础，永远是第一位的。依据确凿无误的"史实"，才会有"史见""史思""史识"的成果。"史见"可有横竖，"史思"可有深浅，"史识"可有高低，而"史实"只有"原本"。无论对人类全体，还是对史学家来说，拥有"史实"的"原本"比什么都重要。可惜可叹的是，由于种种原因，"从前"的"史实"的"完整度"并不理想，残缺的东西太多，遗失的东西太多，无论对"前辈"，还是对"后人"，这都是难以弥补的缺憾。

前有车后有辙。见辙望车，车虽走远，而辙尚在。鉴古知今，思远虑近，后人当做的，除了尽力探寻"从前"的"史实"，努力追找"真相"，从中知悟、释义，还要做一件事，把握当下，那就是把新发生的事尤其是能传给子孙后代参考借鉴的大事要事如实地、完整地记录和保存下来。这是惠及后人的千秋功业，也是积德累仁之举。

寄望

吴兢是唐开元、天宝之际的著名史官，生于公元670年，卒于公元749年。身处唐由盛转衰之时，吴兢编撰《贞观政要》，用心良苦。"少励志，贯知经史，方直寡谐比"，"居史职殆三十年，叙事简要，人用称之"，这是他得到的评价。作为君臣论政言论的集合，《贞观政要》10卷40篇，共收录摘取了唐太宗和45位大臣的政论或奏疏。46位"当事人"，经历了历史大转弯时期，"见"得多，"悟"得透，"识"得深，"望"得远，析事明理，自然高出一筹。虽是讲"治国安邦"的经脉要术，但全书洋溢并散发出一股政坛新风。

唐太宗在位的23年，在历史，不过是短暂的"瞬间"。所幸，《贞观政要》将这历史"瞬间"生动呈现、精彩延展开来，让以后的一代又一代人，感知到前人的大智深慧。吴兢在将此书呈送唐中宗时，上奏了《上〈贞观政要〉表》，文中写道："谨随表奉进，望纡天鉴，择善而行，引而伸之，触类而长。"这几句话，见功底才学，亦见眼界水平。

据考证，《贞观政要》写作于唐开元、天宝之际，当时社会虽仍兴旺但深层危机已显端倪。此时的吴兢内心里谋想的，是更久远的治国安民之计量。从这个意义上讲，《贞观政要》一书，颂扬"贞观之治"，叙事详赡，记言为主，文字明畅，其价值大大超越了"随时载录"的作用。清高宗在为《贞观政要》作序中写道："史臣吴兢纂辑其书，名之曰《贞观政要》，后之求治者，或列之屏风，或取以进讲。"这里，"后之求治者"说的正是此书的价值所在。

吴兢在《贞观政要》序中写道："太宗时政化，良足可观，振古而来，未之有也。至于垂世立教之美，典谟谏奏之词，可以弘阐大猷，增崇至道者，爰命不才，备加甄录，体制大略，咸发成规。于是缀集所闻，参详旧史，撮其指要，举其宏纲，词兼质文，义在惩劝，人伦之纪备矣，军国之政存焉。""庶乎有国有家者克遵前轨，择善而从，则可久之业益彰矣，可大之功尤著矣，岂必祖述尧舜，宪章文武而已哉！"这番话，讲了编撰此书的"依据"，那就是确曾有过的初唐贞观之治，这是全书的立足点，也是基础。不仅如此，作者还讲了编撰此书的"目的""方法"及"意愿"，立志"树终古之风声"，畅想着"可久之业""可大之功"的前景寄望。

为政之要，在于知民愿、顺民意、保民生、安民心。初唐"明君"加"贤臣"的场景呈现，之所以赢得了好口碑，根因是在封建时代，这种光景太少、太短暂。政治家，若想在身后留下好名声，那必须在位高权重时找准替百姓想、为天下计的职责定位，"短"中谋"久"，"小"中求"大"，"近"中求"远"，用心尽力，担当作为。其实，这才是为政之正道、正途、正向。

诚告

《贞观政要》中，魏徵将封建帝王统御国事的基本理念，分为"十思"和"九德"两大项，作为治国之要，修身之本。这番陈述，是"从前"成败得失的经验提炼，亦是思今虑远的提示警醒。

"十思"是：

君人者，诚能见可欲，则思知足以自戒；将有作，则思知止以安人；念高危，则思谦冲而自牧；惧满溢，则思江海下百川；乐盘游，则思三驱以为度；忧懈怠，则思慎始而敬终；虑壅蔽，则思虚心以纳下；惧谗邪，则思正身以黜恶；恩所加，则思无因喜以谬赏；罚所及，则思无因怒而滥刑。

"九德"是：

宽而栗、柔而立、愿而恭、乱而敬、扰而毅、直而温、简而廉、刚而塞、强而义。

千古名篇《谏太宗十思疏》，是魏徵不惧咎谴，讲给唐太宗听的，也是讲给天下人听的。细述起来，它与海瑞的《治安疏》，都称得上是大臣上疏的千古名篇。魏徵的"规劝"，独特、深刻、全面。"十思""九德"，具体到封建帝王，做到什么程度就可以国泰民安，魏徵没有从"量"上点明白。可否这么说，如果能做到三分之二就可成为"明主"了，而做到一半也算"及格"，而连三分之一都做不到的，恐怕会误国害民了。《资治通鉴》载："上尝罢朝，怒曰：'会须杀此田舍翁！'后问为谁，上曰：'魏徵每廷辱我。'后退，具朝服立于庭，上惊问其故。后曰：'妾闻主明臣直，今魏徵直，由陛下之明故也，妾敢不贺！'上乃悦。"这段故事，从另一层面，说明唐太宗的"开明"并非完全"自觉"，做到"真开明"并不容易，也说明魏徵直谏的风险。

魏徵是个"谏臣"，说他是在坐而论道，并不公允。魏徵能把治国之要、修身之本归纳得如此规整有序，条分缕析，并非模棱两可，含混两端；能把治乱兴衰中的要诀活化活用，深谙世情，并非书生之见。从"十思"到"九德"，魏徵于万千思绪的飞舞中将落点放在了治国安邦大业的成败上。居安思危，戒奢以俭，积其德义，魏徵巧妙运用"比喻""对比"之法，把求"木之长者""流之远者"的目的，须"固之根本""浚其泉源"的道理讲得十分透彻。从更深层面看,魏徵透见了"前朝"的兴衰成败根因,认识到了封建王朝多弊易危的本性,从而开出了标本兼治的药方。

公元643年,魏徵病逝,唐太宗哀痛不已,吟诗一首寄托哀思:"劲条逢霜摧美质,台星失位夭良臣。唯当掩泣云台上,空对余形无复人。"

再往后看,李唐王朝的最后结局,让人回思唐太宗此诗的深意,更印证了魏徵"十思""九德"诚告确属真知灼见、语重心长。

守成

《庄子》中有"鱼相忘乎江湖，人相忘乎道术"之言。江湖之上，水深面阔，鱼不需要多大本领就可自由生存；人掌握一定的道术，有相当的本领，就会觉得无所不能，要什么有什么，缺什么造什么。实际上，鱼和人一样，会因为一定的外在有利条件，在顺境中忘掉自己身上的"缺陷"和"有限"，会忘掉了自己还有所不能的必然，容易放松警惕。

江湖之上，鱼大入网；世事无常，时有败亡。

作为政治家，懂得成难败易，十分要紧。贞观十年，唐太宗曾给大臣们出了一道题："帝王之业，草创与守成孰难？"

有代表性的回答，是房玄龄和魏徵二人。

房玄龄说："天地草昧，群雄竞起，攻破乃降，战胜乃克，由此言之，草创为难。"

魏徵说："帝王之起，必承衰乱，覆彼昏狡，百姓乐推，四海归命，天授人与，乃不为难。然既得之后，志趣骄逸，百姓欲静而徭役不休，百姓凋残而侈务不息，国之衰敝，恒由此起。以斯而言，守成则难。"

唐太宗对房玄龄和魏徵的回答都比较满意，并没有分出高下，而是讲透了"前后"之理："玄龄昔从我定天下，备尝艰苦，出万死而遇一生，所以见草创之难也。魏徵与我安天下，虑生骄逸之端，必践危亡之地，所以见守成之难也。今草创之难，既已往矣。守成之难者，当思与公等慎之。"

评价大臣们的见识，唐太宗的良苦用心也让大臣们明白了，原来是为了说出"守成之难者，当思与公等慎之"这句要紧的话。

草创之难，难在何处？难在要白手起家。守成之难，难在何处？难在要谨防得而复失。白手起家，是创造聚合；得而复失，是有又变无。唐太宗此时关心的是防范得而复失的问题。魏徵所言，正切中唐太宗的忧虑。

事非经过不知难。凡天下事，不论大小，"当事人"的知悟，总不同于"局外人"。"见多识广"，只有"见多"，才能"识广"，实践出真知。"草创"与"守成"，同样不易，同样有"前因后果"。立国治国，均属鸿图大业。房玄龄和魏徵都是"见多识广"的栋梁之材。过了这么久，唐太宗与两位大臣的这番对话，读来仍觉余音悠长，令人深思。

"靡不有初，鲜克有终"。在封建时代，如是明君贤臣，尚可知察明觉。即便如此，要看清楚从"无"到"有"、从

"有"到"无",看清楚从"前"往"后",从"后"往"前",看清楚从"兴"到"衰"、从"衰"到"兴",看清楚从"成"到"败"、从"败"到"成",其发展轨迹,其更替规律,其内在根因,其偶然必然,并非易事。

晚唐诗人杜荀鹤的《泾溪》写道:"泾溪石险人兢惧,终岁不闻倾覆人。却是平流无石处,时时闻说有沉沦。"杜荀鹤生于公元846年,卒于公元904年。公元907年,杜荀鹤病逝后三年,大唐灭亡。见证了晚唐的混乱、衰败、黑暗,诗人这几句话似乎从一个新的角度回答了唐太宗当年的"草创与守成孰难"之问。

正邪

"论德而定次,量能而授官,皆使人载其事,而各得其宜。"荀子这几句话,讲得正大光明,而以此为标尺,现实又总让人失望。

封建时代,对君王而言,任贤良,去奸邪,始终是最重要又最艰难的政治选择。为什么重要?因为用人上的得失关系社会治乱、天下安危。有何艰难?因为封建制度阻碍,在许多时候看清楚了也已晚了。满朝文武,大堂望去,谁"贤良"、谁"奸邪",从来不可能用标签贴在脸上。《明实录·太祖实录》载:"上曰:善者进之,足以劝善;恶者去之,足以惩恶。故太阳出而群阴消,贤者举而不仁远,夫何难去哉!"朱元璋这番话,说到了关键处。

再往远些说,刘向在《说苑·臣术》中把人臣归纳为十二种,分为"六正""六邪"两大类,且一一加以"定性":

先说"六正"之臣:

——"圣臣":"萌芽未动,形兆未见,昭然独见存亡之机,得失之要,预禁乎未然之前,使主超然立乎显荣之处。"

——"良臣"："虚心尽意，日进善道，勉主以礼义，谕主以长策，将顺其美，匡救其恶。"

——"忠臣"："夙兴夜寐，进贤不懈，数称往古之行事，以厉主意。"

——"智臣"："明察成败，早防而救之，塞其间，绝其源，转祸以为福，使君终以无忧。"

——"贞臣"："守文奉法，任官职事，不受赠遗，辞禄让赐，饮食节俭。"

——"直臣"："家国昏乱，所为不谀，敢犯主之严颜，面言主之过失。"

再说"六邪"之臣：

——"具臣"："安官贪禄，不务公事，与代浮沉，左右观望。"

——"谀臣"："主所言皆曰善，主所为皆曰可，隐而求主之所好而进之，以快主之耳目，偷合苟容，与主为乐，不顾其后害。"

——"奸臣"："内实险谲，外貌小谨，巧言令色，妒善嫉贤。所欲进则明其美、隐其恶，所欲退则明其过、匿其美，使主赏罚不当，号令不行。"

——"谗臣"："智足以饰非，辩足以行说，内离骨肉之亲，外构朝廷之乱。"

——"贼臣"："专权擅势，以轻为重，私门成党，以富其家，擅矫主命，以自显贵。"

——"亡国之臣"："谄主以佞邪，陷主于不义。朋党比周，以蔽主明，使白黑无别，是非无间。使主恶布于境内，闻于四邻。"

刘向对"六正""六邪"之臣的"定性"，概括简明，入木三分，"专指""泛指"都具有针对性。"贤臣处六正之道，不行六邪之术，故上安而下治，生则见乐，死则见思，此人臣之术也。"归纳出这"六正""六邪"，意在正本清源，竖起十二面镜子，足让为官者自照自戒自察自醒。这又好像摆开了十二把椅子，每个人可以自己"对号入座"。

中唐名相陆贽曾提出了"考课八计"：视户口丰耗以稽抚字，视垦田盈缩以稽本末，视赋役薄厚以稽廉冒，视按籍繁简以稽听断，视囚系盈虚以稽决滞，视奸盗有无以稽禁御，视选举众寡以稽风化，视学校兴废以稽教导。陆贽能成为一代名相，在于他懂得以政绩看人取人，这"八计"实际上是现代绩效考核督察之滥觞。由陆贽之法，贤才实才，怎么分辨清楚，八个方面一一对照，可以一目了然。

评说忠邪，还应提到一个人，这就是中唐改革变法的王叔文，他领导了一场只有148天的失败的"永贞革新"，落下了大大的骂名。《旧唐书》中评价："执谊、叔文，乘时多僻，而欲斡运六合，斟酌万几"；评价跟随者刘禹锡、柳宗元"逐臭市利，何狂妄之甚也"。《新唐书》中这样评价王叔文："叔文沾沾小人，窃天下柄，与阳虎取大弓《春秋》书为盗无以异。"《资治通鉴》中有"叔文谲诡多计"之说。明代王夫之的评价稍缓和些，但也说他是"以邪名古今"。冯梦龙说："叔文固俭险小人，此论自正。""永贞革新"主要措施包括废宫市、放宫女、逐贪官、收宦官兵权、减免赋税、消减藩镇权力等，看似只是政治上的修补之术，革除的只是一些具体领域的弊端，然而却触碰了宦官、藩镇势力的根本利益，因而遭到了极大的反弹、反制。最终，唐顺宗被逼退位，王叔文遭贬并被赐死，一批革新的参与者遭贬谪。

对王叔文，是不是就没人说公道话呢？当然不是。清代史学家王鸣盛有这样一番评价："叔文行政，上利于国，下利于民，独不利于弄权之阉臣，跋扈之强藩。"蔡东藩说过："王叔文非真无赖子，观其引进诸人，多一时知名士，虽非将相才，要皆文学选也。"这里指的是跟随其的柳宗元、刘禹锡等人。对王叔文，《旧唐书》《新唐书》《资治通鉴》等均有评价，毁多誉少。怎么说，都不算客观。

公道自在人心。每个人的褒贬评说及其"历史定位",不是自己说了算的,也不是亲近的人甚或敌对的人说了算的,世人终会作出客观、准确的评价。这评价,或在"当时",或在"身后"。史河流淌,时而平缓,时而激荡,在任一时点上,不能责怪"听不清""看不到""分不明",等候公正评价,需要极强的耐心和定力。对人对事,定分止争,若无他法,惟靠流淌不息的时间长河。获见"客观定性"的"结论",十年人要等,几十年人要等,几百年上千年人也要等。

在大自然,春风暖暖,草木蔓发;秋风凛凛,落叶一片。政治气候亦如此。同一朝堂,"贤良"多、"奸邪"少,与"奸邪"多、"贤良"少,往往取决于大的政治气候。追求"纯净",是理想的岸,也是遥远的途。"此多彼少"的后果,是显而易见的。封建君王能够自觉作出正确选择,自然是好;若建起用"贤良"避"奸邪"的制度机制,则更好。实际上,封建体制之下的相当多的岁月,时暖时冷的现实,循环往复的"成"与"败",让史学家作出"贤良""奸邪"评价时,多了三分踌躇。

信赖

《论语·泰伯》载："曾子曰：可以托六尺之孤，可以寄百里之命，临大节而不可夺也。君子人与？君子人也。"孟子说过："诚身有道，不明乎善，不诚其身矣。是故诚者，天下道也；思诚者，人之道也。至诚而不动者，未之有也；不诚，未有能动者也。"人际之间，何为珍贵？信赖。从"六尺之孤"，到"百里之命"，遇到勇于扶危救困的人，遇到可以委以重任的人，最为珍贵，也最为难得。在生死攸关的时刻，能够挺身而出，依然忠诚可靠，才是堂堂正正的君子。

说起三国，刘备与诸葛亮的故事妇孺皆知。《三国志》作者陈寿对刘备临终托孤作了一番评价："先主之宏毅宽厚，知人待士，盖有高祖之风，英雄之器焉。及其举国托孤于诸葛亮，而心神无贰，诚君臣之至公，古今之盛轨也。"陈寿用"心神无贰"，准确表述了刘备与诸葛亮彼此信赖的君臣关系。

同一时期，曹操和郭嘉的故事也很让人感慨。郭嘉字奉孝，颍川阳翟人。早年拜见过袁绍，从其貌似强大的外表背后，郭嘉看到了袁绍"多端寡要，好谋无决"的一面，毅然离开了袁绍。在荀彧引见下，郭嘉见到了曹操。与郭嘉"论天下事"，曹操如获至宝，惊叹道："使孤成大业者，必此人也。"郭嘉也感叹道："真吾主也。"这之后，郭嘉为曹操出了不少好主意，连打几场胜仗。曹操对郭嘉评价很高。《三国志·魏书·郭嘉传》载："嘉深通有算略，达于事情。太祖曰：'唯奉孝为能知孤意。'年三十八，自柳城还，疾笃，太祖问疾者交错。及薨，临其丧，哀甚，谓荀攸等曰：'诸君年皆孤辈也，唯奉孝最少。天下事竟，欲以后事属之，而中年夭折，命也夫！'乃表曰：'军祭酒郭嘉，自从征伐，十有一年。每有大议，临敌制变。臣策未决，嘉辄成之。平定天下，谋功为高。不幸短命，事业未终。追思嘉勋，实不可忘。可增邑八百户，并前千户。'谥曰贞侯。子奕嗣。后太祖征荆州还，于巴丘遇疾疫，烧船，叹曰：'郭奉孝在，不使孤至此。'"

明成祖朱棣与姚广孝又是一例。作为"智囊"，姚广孝与明成祖"相与合德协谋，定大难，成大功"；作为"挚友"，姚广孝淡泊名利，"进退自如"，既"入局"，又"超脱"。"信任"二字，在明成祖和姚广孝之间，得到了充分的诠释。封建时代大功告成之后，有功之人如何自安自处，姚广孝之例，实在是稀罕。人和人之间的信赖关系，不是从天上掉下来的，既有志向道行的相同契合，又有肝胆相照的情感纽连。风雨同舟，同甘共苦，是"以诚相待"的必然结果。

隋代王通《文中子·礼乐》中有"以势交者，势倾则绝；以利交者，利穷则散"之言。心相通，天涯不远；心相连，严冬不寒。若有信赖，可以托生死，可以诉衷肠，可以倾所有，可以谅失误，可以宽旧怨，可以融冰雪，可以忘自我。其内涵，重千钧；其力量，无穷大。

"砥砺岂必多，一璧胜万珉"。"岁寒然后知松柏之后凋也。"在天地间，风霜雨雪，千变万化；在人世间，冷暖炎凉，永无常态。任何人，任何层面，都会有逆顺迁动，都会有际遇运化，对金银财宝有价而情义无价的道理，人们只有到了危急关头、生死时分才能大彻大悟，因为此时更易验真假、知深浅、见轻重。

同道

《新唐书·柳宗元传》载："元和十年，徙柳州刺史。时刘禹锡得播州，宗元曰：'播非人所居，而禹锡亲在堂，吾不忍其穷，无辞以白其大人，如不往，便为母子永诀。'即具奏欲以柳州授禹锡而自往播。会大臣亦为禹锡请，因改连州。"这段记述，让人们深知什么叫患难之交。

柳宗元与刘禹锡同是公元772年出生。公元793年，朝廷举行了一场科举考试，柳宗元、刘禹锡同榜进士及第。公元803年，两人在御史台为官共事。柳宗元卒于公元819年，刘禹锡卒于公元842年。同年出生的柳宗元和刘禹锡，共同参与了"永贞革新"，也共同遭遇了贬谪厄运。

面对中唐逐渐显现的衰微国势，在唐顺宗支持下，王叔文等人启动了一场大刀阔斧、规模宏大的政治改革——"永贞革新"。这场改革，轰轰烈烈兴起，悲悲惨惨失败，改革支持者唐顺宗退位，改革主导者王叔文被赐死，参与改革的人纷纷受到贬谪，"永贞新政"惨然落幕。柳宗元、刘禹锡等8人被贬为远州司马，史称"八司马"。被贬永州、朗州期间，柳宗元、刘禹锡互通书信、交流诗文，彼此鼓励。公元815年（元和十年），柳宗元与刘禹锡同是外放为刺史，柳宗元任所为柳州，刘禹锡为播州。因播州更为偏远困苦，柳宗元挺身而出，愿以柳州换给刘禹锡，自己去播州。

柳宗元与刘禹锡的相识相知，根在共同的政治抱负、为民情怀，共同的理想追求、文化涵养，共同的人生信仰、人格秉赋。同是改革参与者、失败者，同是天涯沦落人，这种患难之交，缘自困苦岁月的风雨，根于心心相印的同道。

公元815年，柳宗元和刘禹锡踏上了赴柳州、连州上任的路。同行一程，两人以诗文一路唱和，"三赠三酬"共作六首诗。柳宗元在《重别梦得》中写道："二十年来万事同，今朝歧路忽西东。皇恩若许归田去，晚岁当为邻舍翁。"刘禹锡在《重答柳柳州》中写道："弱冠同怀长者忧，临歧回想尽悠悠。耦耕若使遗身老，黄发相看万事休。"柳宗元在《衡阳与梦得分路赠别》中写道："今朝不用临河别，垂泪千行便濯缨。"刘禹锡在答诗《再授连州至衡阳酬柳柳州赠别》中写道："桂江东过连山下，相望长吟有所思。"

这一年，公元815年，元和十年，这是柳宗元和刘禹锡生前见最后一面的年份。四年后，即公元819年11月，柳宗元病逝。刘禹锡悲恸不已，亲自为清贫的柳宗元料理后事，并与韩愈等人一起，照料柳宗元留下的两儿两女。

柳宗元临死之际，嘱咐将所有书稿交予刘禹锡。刘禹锡在《祭柳员外文》中写道："南望桂水，哭我故人。孰云宿草，此恸何极！"在《重至衡阳伤柳仪曹》中写道："忆昨与故人，湘江岸头别。我马映林嘶，君帆转山灭。马嘶循故道，帆灭如流电。千里江蓠春，故人今不见。"遂尽毕生之力，整理柳宗元遗稿，编纂《河东先生集》。

史河弯弯，时浅时深，时缓时急，有时哗哗作响，有时静水潜流。细波巨浪里，蕴藏有无尽的造福众生的梦想力量。这梦想的力量，恒久隽永，苦难岁月磨不灭，风霜雨雪挡不住，始终坚韧向前。

孟子说："人之相识，贵在相知，人之相知，贵在知心。"柳宗元和刘禹锡，志同道合，肝胆相照。一千多年过去了，许许多多的后人，记住了柳宗元，记住了刘禹锡，也记住了柳宗元和刘禹锡患难相交的故事，更记住了在凛冽寒冬中如一团暖火的两人往来的不朽诗文。

天象

在中国，说起历史上的"昏暴之君"来，隋炀帝杨广是"名列前茅"的人物。他在历史舞台上的"亮相"，除了使自己落了千古骂名，还使一代名君杨坚受了连累：听从皇后之言，被奸臣迷惑，溺爱杨广，以致皇位传错而误国误民，丢了江山社稷。

隋王朝在中国历史上与秦王朝惊人的相似：短暂统一而又旋即倾覆。隋文帝杨坚乘北周之乱夺位，励精图治，终成统一大业。二十年间的天下安定，使杨坚落下了好名声：由于他的勤政俭朴和创章立制，整个国家处于政通人和、仓库充实、人丁兴旺、百姓安居乐业的状态。

可惜，这一切来得快，去得速，刚刚恢复统一，似是马蹄声远，硝烟散尽，但瞬间刀戈又现，风起云涌，又发生了流血更多、破坏更大的混战，全国三分之二的人口又沦于战乱和饥饿。

《隋书》是唐人修撰的，对隋炀帝的评价客观与否，值得研究。从史书所记、史官所评看，杨广为帝的这十四年所作所为，是过多功少，"兴师动众，劳民伤财"的事干了不少。其实，杨广在位期间，说了许多"新话"，有的话说得有情有理，颇为令人心动。但凡把《隋书》上一些以诏书形式说的"精彩片段"罗列出来，人都会有另一番感受。这些诏书，实际上是"政治宣言"。虽然诏书起草人可能是杨广身边的大臣，但诏书的内容应该是杨广认可的，反映了杨广的意断决策。

杨广的"政治宣言"，大体上阐述了多方面的内容，包括"爱护百姓""试行礼教""尊师敬老"，还包括"招贤纳士""论功行赏"等等。其中还有为自己征讨高句丽造舆论的大量说辞，还有为修渠筑城辩护的"险守国"之论。这些"大道理"，出自杨广之口，需要后人仔细读看。

杨广还留下了一些朗朗上口的诗句。《全隋诗》录存其诗40多首。如《春江花月夜》中"暮江平不动，春花满正开。流波将月去，潮水带星来"，如《冬夜诗》中"不觉岁将尽，已复入长安。月影含冰冻，风声凄夜寒"，如《晚春诗》中"洛阳春稍晚，四望满春晖。杨叶行将暗，桃花落未稀"，如《野望》中"寒鸦飞数点，流水绕孤村。斜阳欲落处，一望黯消魂"，如《望海诗》中"碧海虽欣瞩，金台空有闻。远水翻如岸，遥山倒似云"，见才思，亦见文采。《隋书·文学传序》中这样评价杨广诗歌："并存雅体，归于典制。"

客观上说，杨广为帝的十四年里，确实办过一些正事。比如，他完善科举制度，重视教育，算是有大功的。杨广有言："君民建国，教学为先，移风易俗，必自兹始。"公元607年，隋炀帝为巩固北方边防，发丁男百万，修筑西距榆林，东至紫河的长城。就在这一年，隋炀帝诏令文武官员有职事者，可应"孝悌有闻""德行敦厚""结义可称""操履清洁""强毅正直""执宪不饶""学业优敏""文才秀美""才堪将略""膂力骄壮"等十科举人，开始"试策"取士，打破世袭制，转为考试制，这是一种大大的进步。皮日休的《汴河怀古》中写道："尽道隋亡为此河，至今千里赖通波。若无水殿龙舟事，共禹论功不较多。"他的挖渠修长城之举，从水利建设和巩固国防角度，客观上是有好处的，后来还发挥了巨大作用。问题是，杨广做这些事一是时机不对，当时隋朝才刚刚建立二十多年，人心并未尽服，他作为第二任皇帝，已处于柏杨先生提出的"王朝瓶颈期"；二是杨广把事情做过了头，动不动征调劳力百万，涉及多少百姓家庭？这怎不使民怨沸腾？杨广又有修宫殿的爱好，今天修这个宫，明天修那个宫，终使奢靡成风，也正应了"死于安乐"这句话。

杨广之败，是多因一果。用民过重、急功近利是其因一，残暴是其因二。隋炀帝的命运也是可悲的。公元616年夏的一天，皇宫里的大业殿西院起火。炀帝以为盗贼来了，惊慌逃走，进入西苑，藏在草丛中，等火扑灭了才回宫。在他执政的后几年里，每天夜里都恐惧不安，常常惊悸而醒，说有贼，要几个妇人摇动按摩才能入睡。他还对着镜子与萧皇后说："好头颈，谁当斫之！"萧皇后惊问出言不吉利的缘故，隋炀帝笑着说："贵贱苦乐，更迭为之，亦复何伤！"在这种末日心态下，隋炀帝已经失去了理智，政治决策愈发乖张，享乐上开始"变本加厉"，这也就加速了隋王朝的灭亡。

对隋亡之因，各种评说，林林总总。

贞观十一年，魏徵给唐太宗上了一道奏章，重点讲治国之道。其中，有一段话，概括总结了隋亡的沉痛教训：

> 昔在有隋，统一寰宇，甲兵强锐，三十余年，风行万里，威动殊俗。一旦举而弃之，尽为他人之有。彼炀帝岂恶天下之治安，不欲社稷之长久，故行桀虐，以就灭亡哉！恃其富强，不虞后患。驱天下以从欲，罄万物而自奉，采域中之子女，求远方之奇异。宫苑是饰，台榭是崇，徭役无时，干戈不戢。外示严重，内多险忌，

谗邪者必受其福，忠正者莫保其生。上下相蒙，君臣道隔，民不堪命，率土分崩。遂以四海之尊，殒于匹夫之手，子孙殄绝，为天下笑，深可痛哉！

政治家分析隋亡之因，诗人也评说隋亡之因。白居易《隋堤柳》中写道："紫髯郎将护锦缆，青娥御史直迷楼。海内财力此时竭，舟中歌笑何日休？上荒下困势不久，宗社之危如缀旒。"政治家的剖析，相当理性、辩证，而诗人的评说则显得生动、形象。实际上，隋之兴，理同秦之兴；隋之亡，理同秦之亡。

按照《隋书》记载，从杨广当上皇帝开始，"天象"就屡屡异常，预示着他的败局不远。"天象"到了"曲终人散"之际，竟达到了顶顶"显眼"程度：在江都，一群乌鸦来到帐篷顶上筑巢，驱赶不走；荧惑星进入太微星座；有石头从长江浮入扬子；阳光四射，光芒如血……这类记载，不排除《隋书》编撰者的立场站位上的局限，对这类穿凿附会的说法，靠不靠谱人们自有分辨，但有一点可以肯定：失去了民心，必然会失去天下。对失天下的人而言，哪里还会有好的"天象"呢？！

隋炀帝获得的"恶评"中，这几句最重："罄南山之竹，书罪未穷;决东海之波,流恶难尽。"此语出自祖君彦为李密讨隋炀帝而写的一篇檄文。这篇檄文,列出了隋炀帝的"十大罪状",影响不小。明末清初的思想家王夫之这样评价隋炀帝:"隋之得天下也逆,而杨广之逆弥甚。"对隋炀帝的功过是非,昨天评说,今日评说,明日评说,说千道万,说万道千,人们习惯于往"简单"处下结论。其实,看清这位历史人物,真需要往"复杂"处去思看。他的种种"建树",他的种种"罪过",如何集于一身而又难拆难解,确非一般。

事业

《孟子·滕文公下》中，对所谓"大丈夫"讲了三层标准："富贵不能淫，贫贱不能移，威武不能屈。"大丈夫，是要干大事业的。

说到大丈夫的大事业，不能忘了一个人，那就是北宋的张载。张载生于公元1020年，卒于公元1077年。57个春秋，张载的生命轨迹是短暂的，但他的"横渠四句"流传千年而成为名言："为天地立心，为生民立命，为往圣继绝学，为万世开太平。"四句话，22个字，言简意宏，说清楚了什么是人生的大事业。

人生短暂，生死两端，不过百年。有来有去，对谁都是公平的。在平常的生活、平凡的日子里，一些"成就一番事业的人"，或以集群而成果，或以个体而成果，"显露"出来，立功立德立言，在史海激起波澜，在岁月刻下印痕。

《周易·系辞上传》有"形而上者谓之道，形而下者谓之器，化而裁之谓之变，推而行之谓之通，举而措之天下之民谓之事业"之言。"事业"二字当然不简单。范文澜《大丈夫》一书中有这么一句话："凡是成就一番事业的人，一定主观客观两方面都备具着所以成就的条件，绝对不会有不劳而获，侥幸得利的。"若用"利国利民"这把尺子一衡量，世间的"事业"从"数量"上说要减掉不少。有些人做了些"事儿"，但成不了"事业"。损害百姓利益的"事儿"不叫"事业"，"吃子孙饭"的"事儿"不叫"事业"，埋下隐患的"事儿"不叫"事业"，"误人子弟"的"事儿"不叫"事业"，"损人利己"的"事儿"不叫"事业"。有些人尽管处心积虑，一时弄出些"响动"，但尘埃终会落定，真相自会大白，"不是"的绝不会成"是"。范文澜这里讲的事业，一定是利国利民的事业，一定是会兼顾人民大众近利远益的事业。

说到大丈夫的大事业，可以举两个人的例子。一个是范蠡，另一个是李斯。

范蠡生于公元前536年，卒于公元前448年。他的一生，可分两大段：68岁前，助越王勾践灭吴成就大业；68岁后，弃官经商。20年间，三次散尽家财而又再次成为天下巨富。"忠以为国，智以保身，商以致富，成名天下。"范蠡获得的历史评价，是极高的。

李斯是全力辅助秦王横扫天下的政治家，其《谏逐客书》成为历史名篇，鲁迅曾有"秦之文章，李斯一人而已"的评价。然而，李斯的后半生有两件事做得很不光彩，一是不该害死韩非，二是不该与赵高之类合流，杀死秦始皇长子扶苏，让昏庸无德的胡亥继位。在犯了令人惋惜的过错之后，李斯的"结局"也很惨。《史记》中记载：李斯在被腰斩途中，拉着同上刑场的儿子的手说："吾欲与若复牵黄犬俱出上蔡东门逐狡兔，岂可得乎！"大难临头，李斯想着过平民的生活，已来不及了。

人生如棋，开局可新，落子无悔。其实，人在"落子"之后，后悔的时候还真不少。读史，许多人的传记，到"收尾处"，会有一些当事人的"后悔话"，令人难忘，让人长叹久思。李斯后半生，若早些明白，"放下"些"私心杂念"和"身外之物"，或许会有另一种可能。李斯有错，甚至是大错特错，但他不该有如此结局。"从头再来"，许多的时候，对许多的人，尤其是政治家，几乎是不可能的。迈出了一步收不回去的必然，客观上的种种制约因素，允许"回头看"，但不允许"回头走"，有"来路"而无"回路"。"当初"的一切，早已变了模样，内在、外在的条件均已变化，甚或已完全不同，此时再以现今的情势回到"原处"，哪里还有可能？李斯刑场上之叹息，过了两千多年，至今仍让人听得心情沉重，五味杂陈。

往来人世间，短暂的时光，一旦知名，是毁是誉，公道自在人心。荣耀与耻辱，喧哗与沉寂，似是一闪而过，又会留痕久远。什么能够永生，什么必会湮灭，决定权不在自己，而在芸芸众生。这芸芸众生，在当时，也在今后。"什么样的人""干了什么事""功在何处，过在哪里"……一切被"后来"的"后来"反复验查，直至定论。

"政声人去后"。李斯的悲剧，是历史的，也是他自己的。他没有慎终如始地做好"大丈夫"。与范蠡的"功成名就"比，李斯是"前功后过"。

但凡成就一番事业，都要经历一番曲折、坎坷、磨难。这里，有的人始终走在正道上，虽有坎坷艰辛，但始终走正向之路，如范蠡。但还有一些人，一段正途，一段弯路，甚至中途关键处改变方向，作出错误的选择，如李斯。李斯是个事业有成的人，值得历史铭记，但他后半生的一些错误无法成为其事业的一部分。

圆满的人生和残缺的人生都是人生。人生之路，从"始"至"终"，千人千条，万人万条，前人走过，后人叹望，千评万说，万说千评。

时宜

每一代人,都有自己的"当时"。这"当时"既决定了时代的烙印,又形成了历史的局限。岁月的长河永远不会止息,始终奔腾向前。许多人,许多事,只会在"一程""一段"之中"驻足""定格",而属于一个时代,呈现出"当时"的"境况"。

"不可夺者峣然之节,莫之致者自然之名。经纶不究于生前,议论常公于身后。"这是宋孝宗评价苏轼的话。苏轼虽才华横溢,然一生坎坷。苏轼的政见,在公元1057年,得到了一次展现。这一年,也就是嘉祐二年,在省试的考场上,苏轼完成了流传至今的《丰年有高廪诗》《刑赏忠厚之至论》及《禹之所以通水之法》《修废官举逸民》《天子六军之制》《休兵久矣而国益困》《关陇游民私铸钱与江淮漕卒为盗之由》策论。考场的"应试之语",流传千年,至今亦十分耐读。苏轼作为嘉祐进士,宋神宗时曾任礼部员外郎,因乌台诗案入狱四个月零二十天后被贬谪黄州。宋哲宗时任翰林学士,官至礼部尚书。后又贬谪惠州、儋州。最后北还,病死常州。苏轼一生"看不惯"的东西太多。侍妾王朝云是苏轼的患难知己,她曾评论说他"肚子里都是不合时宜"。王朝云死后,苏轼在纪念她的亭柱上镌有一副楹联:"不合时宜,惟有朝云能识我;独弹古调,每逢暮雨倍思卿。"

苏轼的一生,坎坎坷坷,毁毁誉誉。生前,他历尽宦海沉浮,屡遭贬谪。去世后,被人诽谤,甚至被指"奸党",书于"党人碑"上,文集被诏毁,半个世纪之后才恢复名誉。

苏轼《贾谊论》一文,从另一个角度,悟解"前人"在"当时"的作为。"非才之难,所以自用者实难,惜乎!贾生王者之佐,而不能自用其才也。夫君子之所取远者,则必有所待;所就大者,则必有所忍。古之贤人,皆负可致之才,而卒不能行其万一者,未必皆其时君之罪,或者其自取也。"贾谊怀才不遇,后人同情已成"公论",而苏轼在同情的同时,又加了一些对贾谊的批评:"贾生志大而量小,才有余而识不足也。"苏轼对贾谊评价的"一分为二",使人联想更广些。其实,何止是汉文帝时的贾谊,即便是苏轼本人,"当时"的因素和个人的际遇,都不能简单地下结论,"多因一果"往往是真情实况,而"看不准""悟不透""数不清"的恰在"多因"上。

"不合时宜"四个字相当的复杂。具体到每个不合时宜的人，每件不合时宜的事，又应做具体的分析。苏轼自己是不合时宜的代表，但他却评论了"不合时宜"的贾谊。稍加细想，便会考虑更深一层，每个时代，"容不下"的人和事，好与坏、对与错的"大账"该如何算？最重要的标准是什么？芸芸众生的近利远益，该是最重要的标准。

很多时候，"时宜"恰是需要挑战和清除的"时弊"，这"时弊"阻挡着历史的进步。为政者若志在为民，冲破藩篱，无视俗见，虽不合时宜，不被时人所容，付出个人惨痛代价，那又当如何？

"时弊"二字，"横看"和"竖看"都要有些理性的分析。从"横看"，"时弊"是"时人"不当、不妥行为的后果；从"竖看"，哪个时代只有利而没有弊呢？往往是前弊未消尽而后弊又萌生。时光荏苒，四季轮替，永是春风驱寒。况且怀天下之志者，纵然身处隆冬，心有春风仍觉暖。天地间，荡涤旧痕陈迹的潮流，一旦到来，总不会因少数人的彷徨、犹豫、迟疑而停顿、止息。历史的抉择，一旦成势，便能摧枯拉朽，不惧任何阻挡。除弊兴利，永远是人类行进的动力所在。人类的伟大，不在于生存于利弊混合的时空中，而在于总处在兴利除弊的奋争途中。

在这奋争途中，需要一批敢斗时弊、革故鼎新的战士。

从这个意义上讲，苏轼、贾谊身上具备先进的特质和勇士的胆魄。

文道

苏轼在《与侄书》中谈到了为文之道："文字亦若无难处，只有一事与汝说。凡文字，少小时须令气象峥嵘，彩色绚烂。渐老渐熟，乃造平淡。其实不是平淡，绚烂之极也。"人阅历丰厚时，与青春年少时相比，"少"了什么，又"多"了什么，苏轼想说的，是"静水流深"境界。"平淡"非但不是浅薄寡味，而是豁达洒脱后的炉火纯青。

"大方无隅，大器晚成。大音希声，大象无形。""平淡"的本真，是最高的境界。知之难，不在见人，在自见。写文章，本是要给人看的，让他人"看什么"是关键。浮华的东西，往往来自认知上的肤浅。看重浮华的东西，只能说是认知上尚处于低层。如能自觉从"自己"中走出来，认清浮华外在的浅薄，明晰厚重内容的价值，也就懂得了文道的玄妙高超。南朝刘勰曾语："夫铅黛所以饰容，而盼倩生于淑姿；文采所以饰言，而辩丽本于情性。故情者文之经，辞者理之纬；经正而后纬成，理定而后辞畅。此立文之本源也。"刘勰所言，透见了文章的表里关系。苏轼用"绚烂之极"来形容这一境界,想告诉天下人,文章的"精美""瑰丽",不在"外表",而是"内在"。的确,重剑无锋,大巧不工。"内在"的东西,不是从天上掉下来的,而是"渐老渐熟",是岁月的积淀,是生死的参悟,是寒暑的磨砺,是甘苦的体味,在"文中",更在"文外"。

明代陈献章《和杨龟山此日不再得韵》中有"能饥谋艺稷,冒寒思植桑"之句。在许多的时候,人们在"缺什么"的问题上认知太庞杂,甚至失聪失明,而到了饥寒之际,便顿悟知晓自己真正需要的究竟是什么。

为文之要在质文并茂,恰到好处的文采承载深邃的思想,就能成为满荷远航的巨轮,挺进在浩瀚的文海。南朝梁沈约有言"屈平、宋玉导清源于前,贾谊、相如振芳尘于后,英辞润金石,高义薄云天。"清代黄宗羲在《明儒学案·发凡》中写道:"大凡学有宗旨,是其人之得力处,亦是学者之入门处。天下之义理无穷,苟非定以一二字如何约之使其在我。故讲学而无宗旨,即有嘉言,是无头绪之乱丝也。"

浮云遮目时,眼见浮云,不是本事,透见浮云背后的天际才是真功夫。学问的奥深,不在枝叶不分的纠缠蔓绕,不在字词的艰涩难解,而在于潜在文思哲理的底蕴。鲁迅曾这样评价《世说新语》:"记言则玄远冷峻,记事则高简瑰奇。"

行文之道，意在笔先，念在墨中。善于用恰当简约精练的表述，阐发"天下之义理"，哪怕是一点一滴，一边一角，一丝一毫，对人类社会，也是可贵的贡献。

庙堂

《菜根谭》中写道:"居轩冕之中,不可无山林的气味;处林泉之下,须要怀廊庙的经纶。"读到此处,很容易使人联想到《岳阳楼记》中的"居庙堂之高,则忧其民;处江湖之远,则忧其君"之句,这种"隐"与"现"、"退"与"进"的境界,汪涵深至,其内在的自我认知是清醒而明智的。作为政治家,生于"一时",必有"一时"的际遇、境况。客观的许许多多的"外在",无法"前借",也无法"后移",正所谓只能"身在其中",甚至"身不由己"。客观的外在,对身处某一时空的人,是难以避开的。而能够"看清""看开""看明白",守住做人的本分,为官的正道,不失大节,不同流合污,不苟且偷生,泰然处之,正确选择,没有一定的定力、胸怀、眼界是做不到的。对"荣辱得失"或"生死存亡",在封建专制时代,"士大夫"个人选择余地并不大。一旦选择了从政之路,就必须直面成败、进退的各种"结局"。在心灵深处留足了"山林的气味",顺境也好,逆境也罢，人都不会有过多的"落差感"。从"怀廊庙的经纶"，到"思庙堂之高"，表达的都是"士大夫"般的忧国忧民情怀。

《晋书·祖纳传》载："纳好奕棋，王隐谓之曰：'禹惜寸阴，不闻数棋。'对曰：'我奕忘忧耳'。隐曰：'盖闻古人遭逢，则以功达其道，若其不遇，则以言达其道。……仆虽无才，非志不立，故疾没世无而闻焉，所以自强不息也。况国史明乎得失之迹，此可兼济，何必围棋然后忘忧也！'"王隐，字处叔，东晋大臣，史学家。在王隐看来，"功达其道"与"言达其道"，都是积极的作为。这段"劝言"，成为一段佳话。

孟子说过："君子深造之以道，欲其自得之也。自得之，则居之安；居之安，则资之深；资之深，则取之左右逢其源，故君子欲其自得之也。"自得则自安。知悟了道的真理所在，"士大夫"不论处"林泉之下""江湖之远"，还是居熙熙官场、高高庙堂，心间始终燃着一盏自省、自励、自强的明灯。这盏灯不仅给落寞沉寂中的自己眼前足下以光亮，且能使更多的人，从繁杂纷纭里，从风雪雨雾中，直面艰难困苦、世态炎凉，走出自我哀伤的"小我"，望见"无我"里"真我"的人生正途大道。人只有活得有价值，做"济苍生、安黎元"之事，短短的几十年才会变成长长的几百年、几千年、几万年。

说理

邹阳所写《狱中上梁王书》一文，激愤豪迈，气势非凡，读来韵味无穷。

早年，邹阳投奔吴王刘濞。吴王阴谋叛乱，邹阳劝止，但吴王刘濞不听。预见到可怕前景，邹阳只好离开，投奔了梁孝王刘武。梁孝王听信谗言，邹阳下狱论死。情急之下，生死关头，邹阳写了千古名文《狱中上梁王书》。梁孝王读后，深受感动，立即释放邹阳，还向邹阳致歉。出狱后邹阳赶到长安，替刘武说项，帮了刘武的大忙，这也成就了一段不计前嫌、重归于好的佳话。

写《狱中上梁王书》，邹阳深思熟虑，"求生"的话一句没说，而讲出的一个个人、一段段事，让梁孝王动心的地方甚多。

全文如下：

> 臣闻忠无不报，信不见疑，臣常以为然，徒虚语耳。昔者荆轲慕燕丹之义，白虹贯日，太子畏之；卫先生为

秦画长平之事，太白蚀昴，而昭王疑之。夫精变天地而信不喻两主，岂不哀哉！今臣尽忠竭诚，毕议愿知，左右不明，卒从吏讯，为世所疑，是使荆轲、卫先生复起，而燕、秦不悟也。愿大王孰察之！

昔卞和献宝，楚王刖之；李斯竭忠，胡亥极刑。是以箕子详狂，接舆辟世，恐遭此患也。愿大王孰察卞和、李斯之意，而后楚王、胡亥之听，无使臣为箕子、接舆所笑。臣闻比干剖心，子胥鸱夷，臣始不信，乃今知之。愿大王孰察，少加怜焉。

谚曰："有白头如新，倾盖如故。"何则？知与不知也。故昔樊於期逃秦之燕，藉荆轲首以奉丹之事；王奢去齐之魏，临城自刭以却齐而存魏。夫王奢、樊於期非新于齐、秦而故于燕、魏也，所以去二国死两君者，行合于志而慕义无穷也。是以苏秦不信于天下，而为燕尾生；白圭战亡六城，为魏取中山。何则？诚有以相知也。苏秦相燕，燕人恶之于王，王按剑而怒，食以駃騠；白圭显于中山，中山人恶之魏文侯，文侯投之以夜光之璧。何则？两主二臣，剖心坼肝相信，岂移于浮辞哉！

故女无美恶，入宫见妒；士无贤不肖，入朝见嫉。昔者司马喜膑脚于宋，卒相中山；范雎摺胁折齿于魏，卒为应侯。此二人者，皆信必然之画，捐朋党之私，挟孤独之位，故不能自免于嫉妒之人也，是以申徒狄自沉于河，徐衍负石入海。不容于世，义不苟取比周于朝，以移主上之心。故百里奚乞食于路，缪公委之以政；宁戚饭牛车下，而桓公任之以国。此二人者，岂借宦于朝，假誉于左右，然后二主用之哉？感于心，合于行，亲于胶漆，昆弟不能离，岂惑于众口哉？

故偏听生奸，独任成乱。昔者鲁听季孙之说而逐孔子，宋信子罕之计而囚墨翟。夫以孔、墨之辩，不能自免于谗谀，而二国以危。何则？众口铄金，积毁销骨也。是以秦用戎人由余而霸中国，齐用越人蒙而强威、宣。此二国，岂拘于俗，牵于世，系阿偏之浮辞哉？公听并观，垂名当世。故意合则胡越为昆弟，由余、越人蒙是矣；不合，则骨肉出逐不收，朱、象、管、蔡是矣。今人主诚能用齐、秦之义，后宋、鲁之听，则五伯不足称，三王易为也。

是以圣王觉寤，捐子之之心，而能不说于田常之贤；封比干之后，修孕妇之墓，故功业复就于天下。何则？欲善无厌也。夫晋文公亲其仇，强霸诸侯；齐桓公用其仇，而一匡天下。何则，慈仁殷勤，诚加于心，不可以虚辞借也。

至夫秦用商鞅之法，东弱韩、魏，兵强天下，而卒车裂之；越用大夫种之谋，禽劲吴，霸中国，而卒诛其身。是以孙叔敖三去相而不悔，于陵子仲辞三公为人灌园。今人主诚能去骄傲之心，怀可报之意，披心腹，见情素，堕肝胆，施德厚，终与之穷达，无爱于士，则桀之狗可使吠尧，而蹠之客可使刺由；况因万乘之权，假圣王之资乎？然则荆轲之湛七族，要离之烧妻子，岂足道哉！

臣闻明月之珠，夜光之璧，以暗投人于道路，人无不按剑相眄者。何则？无因而至前也。蟠木根柢，轮囷离诡，而为万乘器者。何则？以左右先为之容也。故无因至前，虽出随侯之珠，夜光之璧，犹结怨而不见德。故有人先谈，则以枯木朽株树功而不忘。今夫天下布衣穷居之士，身在贫贱，虽蒙尧、舜之术，挟伊、管之辩，怀龙逢、比干之意，欲尽忠当世之君，而素无根柢之容，虽竭精思，欲开忠信，辅人主之治，则人主必有按剑相眄之迹，是使布衣不得为枯木朽株之资也。

是以圣王制世御俗，独化于陶钧之上，而不牵于卑乱之语，不夺于众多之口。故秦皇帝任中庶子蒙嘉之言，以信荆轲之说，而匕首窃发；周文王猎泾、渭，载吕尚而归，以王天下。故秦信左右而杀，周用乌集而王。何则？以其能越挛拘之语，驰域外之议，独观于昭旷之道也。

今人主沉于谄谀之辞，牵于帷裳之制，使不羁之士与牛骥同皁，此鲍焦所以忿于世而不留富贵之乐也。

臣闻盛饰入朝者不以利污义，砥厉名号者不以欲伤行，故县名胜母而曾子不入；邑号朝歌而墨子回车。今欲使天下廖廓之士，摄于威重之权，主于位势之贵，故回面污行以事谄谀之人而求亲近于左右，则士伏死堀穴岩薮之中耳，安肯有尽忠信而趋阙下者哉！

罹杀身之祸，处囹圄之中，邹阳用铮铮铁骨和不卑不亢的浩然正气，写下了《狱中上梁王书》一文。此文善引史实，巧用比喻，比物连类，简练沉着，慷慨恳切，既论"谗毁"之祸患，又表"忠信"之心迹，纵横议论，极具震撼人心的力量。大难临头，邹阳不盲从，不苟合，其"忠无不报，信不见疑"，"偏听生奸，独任成乱"，"公听并观，垂明当世"等语，实为至理名言。

世间万事万物，不论巨细，来去存亡，自有因由规理。对任何人来说，千变万化的"外在"，"先知""全知"都不现实，不可能。尽管如此，尚有弥补之法：在自己"看不见""悟不到"的时候，能遇见或求得，能说明白这"因""由""规""理"的人，且能虚心地"听进去""听明白"。良药苦口，忠言逆耳，是至理名言。药能喝到口中，话能听进耳里，这总归是好事情。最可悲的，是药到不了口，话进不了耳，无"苦口""逆耳"之机缘。

邹阳和梁孝王的故事令人感叹，也耐人寻味。历史的不幸，是总有一些自以为是的人，处于"未知""不觉"的状态，明明是糊涂中，却自以为"清醒""明白"，听不进他人善意的劝告，执迷不悟地继续走下去，直至败亡。

读此文，会问一句：人与人之间，能"剖心坼肝相信"者，多还是少？邹阳是幸运的。同样幸运的，还有梁孝王刘武。

劝言

公元前154年，吴王刘濞联络楚、赵等六个藩国举兵造反，史称"七国之乱"。最终"七国之乱"被平息，刘濞失败自杀。

枚乘《上书谏吴王》，是在吴王刘濞谋反前写的，规劝刘濞自重自醒，但刘濞"听不进去"，没起到劝诫的作用。从文中看，作为吴王刘濞的门客，枚乘的劝诫，既小心翼翼、毕恭毕敬，又披肝沥胆、诚心诚意。刘濞阅历不浅，经事甚多。枚乘的上书如此恳切，刘濞仍固执己见，说明事情并非那么简单。历史上的人际变故和事端，尤其是重要的人际变故和重大的事端，"多因一果"的多，"一因一果"的少。刘濞谋反，"有野心"肯定是主因，儿子被皇太子打死心生怨恨，一系列的"削藩"举措，已有权力将被"夺回去"也是重要原因，其他因素也值得重视。七王联手本身说明，汉帝国的政体出现了重大弊端。觉察到了刘濞的政治动向，忧心忡忡的枚乘在《上书谏吴王》中力陈己见，话说得已快"挑明"了，只剩一层"窗户纸"：

臣闻得全者昌，失全者亡。舜无立锥之地，以有天下；禹无十户之聚，以王诸侯。汤武之土不过百里，上不绝三光之明，下不伤百姓之心者，有王术也。故父子之道，天性也。忠臣不避重诛以直谏，则事无遗策，功流万世。臣乘原披腹心而效愚忠，惟大王少加意念恻怛之心于臣乘言。

夫以一缕之任系千钧之重，上悬之无极之高，下垂之不测之渊，虽甚愚之人犹知哀其将绝也。马方骇鼓而惊之，系方绝又重镇之；系绝于天不可复结，坠入深渊难以复出。其出不出，间不容发。能听忠臣之言，百举必脱。必若所欲为，危于累卵，难于上天；变所欲为，易于反掌，安于泰山。今欲极天命之上寿，弊无穷之极乐，究万乘之势，不出反掌之易，居泰山之安，而欲乘累卵之危，走上天之难，此愚臣之所大惑也。

人性有畏其影而恶其迹，却背而走，迹逾多，影逾疾，不如就阴而止，影灭迹绝。欲人勿闻，莫若勿言；欲人勿知，莫若勿为。欲汤之沧，一人炊之，百人扬之，无益也，不如绝薪止火而已。不绝之于彼，而救之于此，譬由抱薪而救火也。养由基，楚之善射者也，去杨叶百步，百发百中。杨叶之大，加百中焉，可谓善射矣。然其所止，百步之内耳，比于臣乘，未知操弓持矢也。

　　福生有基，祸生有胎；纳其基，绝其胎，祸何自来？太山之溜穿石，殚极之绠断干。水非石之钻，索非木之锯，渐靡使之然也。夫铢铢而称之，至石必差；寸寸而度之，至丈必过。石称丈量，径而寡失。夫十围之木，始生而蘖，足可搔而绝，手可擢而抓，据其未生，先其未形。磨砻砥砺，不见其损，有时而尽。种树畜养，不见其益，有时而大。积德累行，不知其善，有时而用；弃义背理，不知其恶，有时而亡。臣原大王熟计而身行之，此百世不易之道也。

此文字里行间溢满了"大义"二字。在刘濞心中，对"危于累卵"还是"安于泰山"，作出选择是艰难的。"绝薪止火"是枚乘一厢情愿的规劝。把话说到这个份儿上，稍有理智的人应该能听明白了。劝人，有两种结果，可能劝成，也可能劝不成。劝不成，又分为"不会劝"和"听不进劝"两种。从文中看，枚乘劝得相当有水平，而刘濞又相当听不进去。可以肯定地说，对枚乘这封信，62岁的刘濞一定仔仔细细地看了，而对如此重大的人生抉择和生死攸关的大事，刘濞一定也想了许多，想了很久。但最终，刘濞孤注一掷，快步坠入深渊。

有人说，刘濞的选择，是迫不得已，刀已架在脖子上了，不反也是死路一条，因为汉景帝已下定了削藩的决心。所以，枚乘的劝诫，毫无意义。这么看，不够全面、客观。刘濞之反，根在封建制度弊端。从汉之刘濞，可联想到明之朱棣。朱棣是朱元璋之子，建文帝朱允炆的叔叔。刘濞是汉高祖刘邦哥哥的儿子，是汉景帝刘启的堂叔。两个人的"起事"都有面临"削藩"的背景。不同的是"结局"。客观上讲，刘濞回旋的空间已没有多大了。尽管如此，如果听劝，刘濞的结局虽然不会似枚乘所言"变所欲为，易于反掌，安于泰山"，但可能会"好一些"，这从那些没有起事造反的藩王的结局是能推断出来的。由此看，于国于民于己，刘濞的选择，都是下下策。

寒危

在《清史稿·卷八》中，记载有一段康熙的"诏曰"。此"诏曰"是"自述"，也是在传授施政经验，给诸子孙卿士们上"政治课"。这段话不长，如同一位长者端坐讲坛之上，娓娓道来。

帝王之治，必以敬天法祖为本。合天下之心以为心，公四海之利以为利，制治于未乱，保邦于未危，夙夜兢兢，所以图久远也。

朕八龄践祚，在位五十余年，今年近七旬矣。当二十年时，不敢逆计至三十。三十年时，不敢逆计至四十，赖宗社之灵，今已五十七年矣，非凉德所能致也。齿登耆寿，子孙众多。天下和乐，四海乂安。虽未敢谓家给人足，俗易风移，而欲使民安物阜之心，始终如一。殚竭思虑，耗敝精力，殆非劳苦二字所能尽也。古帝王享年不永，书生每致讥评。不知天下事烦，不胜其劳虑也。人臣可仕则仕，可止则止，年老致仕而归，犹得抱子弄孙，优游自适。帝王仔肩无可旁委，舜殁苍梧，禹殂会稽，不遑宁处，终鲜止息。《洪范·五福》，终于考终命，以寿考之难得也。《易·遯》六爻，不及君主，人君无退藏之地也，岂当与臣较安逸哉！

朕自幼读书，寻求治理。年力胜时，挽强决拾。削平三藩，绥辑漠北，悉由一心运筹，未尝妄杀一人。府库帑金，非出师赈饥，未敢妄费。巡狩行官，不施采绩。少时即知声色之当戒，佞倖之宜远，幸得粗致谧安。今春颇苦头晕，形渐羸瘦。行围塞外，水土较佳，体气稍健，每日骑射，亦不疲乏。复以皇太后违和，头晕复作，步履艰难。倘一时不讳，不得悉朕衷曲。死者人之常理，要当于明爽之时，举平生心事一为吐露，方为快耳！

昔人每云帝王当举大纲，不必兼综细务。朕不谓然，一事不谨，即贻四海之忧。一念不谨，即贻百年之患。朕从来莅事无论钜细，莫不慎之又慎。惟年既衰暮，只惧五十七年忧勤惕励之心，隳于末路耳。立储大事，岂不在念。但天下大权，当统于一，神器至重，为天下得人至难，是以朕垂老而惓惓不息也。大小臣工能体朕心，则朕考终之事毕矣。兹特召诸子诸卿士详切言之。他日遗诏，备于此矣。

康熙八岁登基，十四岁亲政，在位六十一年，是中国历史上在位时间最长的皇帝。在半个多世纪的岁月里，康熙平定"三藩"，收复台湾，抵御沙俄侵略，大破准噶尔，轻徭薄赋，休养生息，发展经济，肃正朝纲，勤政博学，开创了康乾盛世。曾国藩曾评价："我朝六祖一宗，集大成于康熙。"

为传授"政治智慧"，康熙此番话，讲透了为政之要："合天下之心以为心，公四海之利以为利"，"制治于未乱，保邦于未危"，"天下和乐，四海乂安"，"欲使民安物阜"。这是讲治国原则和方略。

康熙自道甘苦："古帝王享年不永，书生每致讥评。不知天下事烦，不胜其劳虑也。人臣可仕则仕，可止则止，年老致仕而归，犹得抱子弄孙，优游自适。帝王仔肩无可旁委，舜殁苍梧，禹殂会稽，不遑宁处，终鲜止息。"进而长叹道："人君无退藏之地也，岂当与臣较安逸哉！"作为封建帝王，高高在上，群臣俯首，万民仰望，何等威严尊贵？但"高处不胜寒"。康熙如此说，不是客套话，更不是牢骚话。脚立"无退藏之地"，职责又"无可旁委"，透见常人难以体验的孤独和寒危，做到"自知之明"，康熙在封建帝王堆里属于少数中的少数。

康熙崇尚科学，不信祥瑞灾异那一套把戏。《圣祖御制文集》中有这么一番话："古史中如黄帝鼎湖乘龙，及周穆王宴于瑶池之事，皆非正史所传。虽文章常采用之，不过资其华藻以新耳目，其实不足信也。"

康熙五十六年五月，直隶总督赵弘燮上了一道奏折，报告发现芝草之祥。康熙朱批："朕自幼龄读书，颇见帝王所好者，景星、庆云、天书、芝草之类，朕皆不以为瑞。所为瑞者，年谷丰登，民有吃的，就是大瑞。"

《孟子·尽心章句上》中有"善政得民财，善教得民心"之语。王充《论衡》中有"知屋漏者在宇下，知政失者在草野"之言。这都是真知灼见。的确，许多事情，许多问题，从下往上看，与从上往下看，"方向"不同，"视角"不一样，"结论"也往往不同。在封建社会，"君"与"臣"，"君"与"民"，"臣"与"民"，彼此之间，顺和逆变，千百年来有多少人，有多少事？每当云开雾散时，总有公论摆在众人面前：做"合天下之心"的事，受到欢迎；谋"公四海之利"的事，得到夸赞；成"民安物阜"的事，赢得口碑。

事实上，康熙并非完人。作为封建帝王，康熙的过错，数数也会不少。比如，康熙晚年也有些许懈怠，曾有"多一事不如少一事""政宽事省""凡事不可深究者极多"之语，出现了吏治废弛、弄虚作假、官场贪污、国库亏空等问题。

康熙的"时评""后评"之所以都"比较好",一是因为他的积极作为,二是他的身前身后还站着可比可照的"一群人"。历史可有"过去""现在""未来",但历史不可"重新再来"。这意味着,不能简单地把历史上的"某个人"与"其他人"拿一把尺子去衡量评价。康熙也一样。自然,既看历史作为,也要看历史局限。康熙的历史贡献、历史地位,离不开他所处的历史背景、历史环境、历史条件。尽管如此,还是必须正视一个不容争辩的客观事实:康熙是有建树的,他的综合素养、才学能力、胸怀眼光,有许多可圈可点的地方,清初的兴盛与他的作为是分不开的。

典籍

灿烂的典籍星光，汩汩流淌在浩瀚的岁月长河里。

《论语》《孟子》《老子》《庄子》《管子》《墨子》《荀子》《韩非子》《淮南子》……这些先哲之言，纵越千年，不论世道怎么变，它们就在那里。经横论竖评，仍有许多未知未解，等待着更多后人再问再思，再探再究。

《春秋》《左传》《战国策》《资治通鉴》《史记》《汉书》《后汉书》《三国志》《晋书》《宋书》《南齐书》《梁书》《陈书》《魏书》《北齐书》《周书》《隋书》《南史》《北史》《旧唐书》《新唐书》《旧五代史》《新五代史》《宋史》《辽史》《金史》《元史》《明史》《明实录》《清实录》《清史稿》……述往来，通古今，陈变故，讲更替，论功过，不论记述详略如何，它们就在那里。一部部史学巨著，如浩如烟海中的明珠，闪耀着史迹的光亮，给后人留下了一面面镜子，一道道路痕。

诗经、楚辞、唐诗、宋词、元曲从吟诵流传、成文编册起，它们就在那里。时代的绝唱，生命的韵律，梦想的寄存。无论何处何时，开卷品读醇香悠长，合卷低吟让人长思。

《桃花源记》《赤壁赋》《喜雨亭记》《醉翁亭记》《黄冈竹楼记》《岳阳楼记》，从落笔成文起，它们就在那里。江上清风，山间明月。岚光林影，奇石秀峰。豁达悠远，浩气清雄。当官场失意的人，踌躇在"放下"与"放不下"的十字路口，只要俯身倾听，便可洞悉其中的深意和韵律，会不再惧孤寂，不再忧贫贱，不再畏寒暑，不再心灰意懒，会笑对路途的坎坷，会顿觉生命光暖。

《谏逐客令》《治安策》《谏太宗十思疏》《阿房宫赋》《六国论》《深虑论》《甲申三百年祭》，过了许久，总被人当警钟鸣响。它们就在那里。旷达应世，泰然自定。大忧大患的时候，人们必然会想起它们。思越千重山水，虑穿万里云雾，顾念芸芸众生，透知世间乱象的底蕴，望见迷途尽头的曙光。

千百年来，日出日落，一天又一天，历连天战火，过腥风血雨，在物换星移、聚散合分中，各类典籍虽"沿途"历经劫难，或阁楼遇火，或船载沉江，毁册缺文，失落无数，但即便有的只是残简片牍，尚未湮灭的部分，幸存下来，且脉传不断，被人们祖祖辈辈珍藏护养。

郑毅在《博物馆里的大唐之美》一书中，写下了这么一段话：

"一幅画，画在纸上或者绢上，100年过去、500年过去、

1000年过去，画它的人早就不在了，收藏过、把玩过、惦记过它的人也早就不在了；可它还在，在博物馆的玻璃柜里，就那样躺着，舒舒展展、坦坦荡荡。你以为是你在看它？不，是它在看你，看一代代过客匆匆地来了、走了，创造了历史，也融入了历史。

在辽宁博物馆'又见大唐'特展上，《虢国夫人游春图》就是这么一幅画。

…………

一队人马，青春洋溢，车骑雍容，光彩照人而来，风姿绰约而去。

这就是唐朝，我们至今还看得见、摸得着、感受得到的大唐。"

的确，我们之所以有会知"过去""以往"的"史"，就是因为有从前的人留下的生产生活中使用的物品和创作的"书""诗""画""曲"。

"索物于夜室者，莫良于火；索道于当世者，莫良于典。"典籍不是金银珠宝，不是绫罗绸缎，不能斤两论，无法尺寸量，却真真是让人心心念念的无价精神财富。从前人处传过来，往后人处传下去。

互鉴

时至今日，人们时常自问：苍茫大地，人类"始"于何时何处？偌大课题，问浩宇，问沧海，问苍茫大地，问时光长河，几乎是一问千解。另一个问题更为现实：不同国家、民族之间该如何互学互鉴、相融相通？

地理阻隔、交通不便、通信不畅、语言障碍，这些因素与人们思想观念上自大自闭设置的篱笆交织起来，会直接影响本可以进行的交流交融和互鉴互学。

一方水土养一方人。客观事实是，在交通不便、讯息隔绝的漫长岁月里，不同地域的人们，居于一隅，奋争、劳作于山野、荒原、丛林、江湖、海洋，千辛万苦，千方百计，趋利避害，繁衍生息，子子孙孙，走出了各自的生存发展路径，都积累了独特的经验体会。

通向外部的大门启开虽有先后，但都曾面临过开放还是封闭的选择：对外来文明，是"完全排斥"还是"照单全收"？践悟之后，人们发现，这两者都不可取。正确的选择是不忘本来、借鉴外来，达到取长补短之效。而盲目照搬外来，会酿造取短舍长之后果。

看得见别人的长处，是前提。要见人长，不虚心又不行。见人之长又善于学人之长，这才能有收获。

牡丹、玫瑰、向日葵、橄榄花、雏菊、郁金香、鸢尾花、樱花、木槿花、丁香花、仙人掌、康乃馨、百合花、万代兰、金合欢、马蹄莲、卜若地、矢车菊、龙船花、睡莲、百日草、扶桑、孔雀草、素馨……各国的国花，迎风摇曳，芬芳四溢，各美其美，百花齐放，香满人间。

世界各国各民族的文明，具有平等、多彩、包容性质，兼收并蓄则兴，排斥破坏则亡。睁开眼睛看世界，中外皆有需要。德国思想家莱布尼茨在《中国近事》一书中曾说："在我们看来，我们创造了如此高雅的文明，但谁相信在这个地球上还有个民族，具有同样甚至更加文明的生活制度？"联想到马可·波罗游历中国的故事，他的不凡，就在于当时被千山万水阻隔的条件下，来到中国"旅行"，把"迷人的东方文明"介绍给西方，迈出了超越常人的一步，起到了文化交流使者的积极作用。

梁启超说，研究国学必须做到："第一步，要人人存一个尊重爱护本国文化的诚意；第二步，要用那西洋人研究学问的方法去研究他，得他的真相；第三步，把自己的文化综合起来，还拿别人的补助他，叫他起一种化合作用，成了一个新文化系统；第四步，把这新系统往外补充，叫人类全体都得着他好处。"

中国同样有一批"走出去""睁开眼"看世界的先驱。比如张骞通西域，玄奘西行取经，郑和下西洋。毋庸讳言，中国也确实有过故步自封、闭关锁国的时期。恰在这一时期，西方国家实现了从传统农业社会向现代工业社会的重要转变。面对西方的迅速强盛及坚船利炮，近代有开放意识的有志之士纷纷挺身建言。除康梁之外，还应该说到三个人：魏源、冯桂芬、张之洞。魏源曾有"师夷长技以制夷"之言，冯桂芬曾有"以中国之伦常名教为原本，辅以诸国富强之术"之言，张之洞曾有"会通中西，权衡新旧"，"旧学为体，西学为用"之言。陈寅恪说过："其真能于思想上自成系统，有所创获者，必须一方面吸收输入外来之学说，一方面不忘本来民族之地位。"

汉代桓宽《盐铁论·相刺》中有"持规而非矩，执准而非绳，通一孔，晓一理，而不知权衡"之句，一孔之见是"见"，但是"小见"，而百孔之见是"见"，相对是"大见"。看大千世界，悟万物之理，一孔之见，坐井观天，狭隘片面自然难免；开阔视野，做到有百孔之见，则能知深看远成业。

互鉴互学，知己知彼，对任一国家、任一民族，都至关重要。关键是能够永不僵化、放开胸襟，既能知人之长、知己之短，更能师人之长、补己之短。王阳明十岁时，写了一首《蔽月山房》："山近月远觉月小，便道此山大于月。若人有眼大如天，还见山高月更阔。"这四句话，言浅意深，讲明白了山外有山、天外有天的大道理。

开放大势，浩浩荡荡，不可逆转。顺势而为，求同存异，扩大交流合作，不同国家民族在互鉴互学中共同发展进步，是唯一正确的选择。

事理

吕思勉是历史学家，在通史、断代史和专史等领域著述颇丰，有重要贡献。其著作《白话本国史》，是我国历史上第一部用白话文写成的中国通史。这部著作，起笔远古时代，落笔在公元1922年，纵越古代、近代、现代三大时段。吕思勉说："历史虽是记事之书，我们之所探求，则为理而非事。理是概括众事的，事则只是一事。天下事既没有两件真正相同的，执应付此事的方法，以应付彼事，自然要失败。根据于包含众事之理，以应付事实，就不至于此了。然而理是因事而见的，舍事而求理，无有是处。所以我们求学，不能不顾事实，又不该死记事实。"

吕思勉的这番话，是讲"事"与"理"的辩证关系。过去发生的事，一件又一件，一桩又一桩，按时间顺序"堆放"在史街上。要继续往前走的人们，为寻得"前车之鉴"，要知"今日之由来"，思明日之走向，必须从过去发生的"事"里拣择出"理"来。"事"多繁杂，"事"有先后，"事"各不同，而"理"可囊括其"同"，可析解其"异"，从而益于获知参考借鉴。研究历史,不是要一头扎进"故纸堆里"而无法自拔,而是要善于发现事中之理,以事见理,以理析事,切实做到触类旁通,融会贯通。

"为理而非为事",这是吕思勉认定的历史研究的目的。这会让人又想到司马光。"鉴于往事,有资于治道",这是宋神宗对司马光编著《资治通鉴》一书的评价。无知之乱、不知之盲、少知之迷,司马光把一千三百六十二年的"往事",重新整合梳理,用他自己的话说是:"删削冗长,举撮机要,专取国家盛衰,系民生休戚,善可为法,恶可为戒者。"

司马光生于公元 1019 年,卒于公元 1086 年。吕思勉生于公元 1884 年,卒于公元 1957 年。从司马光到吕思勉,时间过了这么久,两个人的史学观是一致的,说事不是目的,目的是说理。事出有因,事有由来,事存原本,由于年代久远,由于客观、主观的局限,把事弄明白本身常常也成为问题。史学研究,不得不花很大力气把"怎么一回事"的问题核查明白。所有故往,若分为"清清楚楚""基本清楚""不清楚"等类别,结果会是,"清清楚楚"的不多,相当一部分处于"基本清楚",还有少部分处于"不清楚"状态。这就是说,把事原原本本弄清楚,才好认认真真找寻事中之"理"。如此看来,为"理"的目的,要实现了,也并非易事。史学研究的局限，史学家人生的遗憾，许多由此而生。

其实，细想一下，天下何以学问门派林立？只因许许多多的"理"总是未穷未尽，各家门派又各有所长。而任一"学问"都不能完整包揽把"理"都说明白说透彻，都为后人、他人留下了继续探究的空间和余地。郭沫若在《十批判书》中曾写道："孟文的犀利，庄文的恣肆，荀文的浑厚，韩文的峻峭，单拿文章来讲，实在是各有千秋。"这番话，讲的就是天下"学问"难以专属的道理。一事之中，"理"有多条。见其一二算"学问"，见其三四，也算是"学问"。溪流千条，终成江河。任一层面、角度的创见，只要是真知灼见都当正视、重视。最不可取的，恰是"偏见"：执己见而无视、敌视他见，忘掉了己所不能的局限，关闭了学习借鉴他人之见的门窗。

明代马经纶曾为李贽鸣冤辩护，他在《与李麟野都谏转上萧司寇》中写道："至于著述，人各有见，岂能尽同，亦何必尽同！有同有异，正以见吾道之大，补前贤之缺。"当然，"说明白"与让天下人都"听明白"还不是一回事。"说明白"本身就很不容易，是要有真功夫的。事实上，人们对任一现象和问题，从观察、梳理，到分析、揭示，都有一个由表及里、由浅到深的过程。

从某种意义上讲,"同事不同理",是学问和学问之间的差异造成的。面对同一件事,立场不同,视角不同,加上认知深浅不同,差异就出来了。对学问上的差异,应持科学包容的态度。执其一者,对于其他,"开放"自难避免,"容下"要有胸怀。从自然界,到人类社会,未知未晓的事比已知已晓的事多万千倍,已知已晓的事中之理与未知未晓的事中之"理"相比,必也会是九牛一毛,沧海一粟!

王守仁曾说过:"凡看经书,要在致吾之良知,取其有益于学而已,则千经万典,颠倒纵横,皆为我之所用。一涉拘执比拟,则反为所缚,虽或特见妙诣,开发之益,一时不无,而意必之见,流注潜伏,盖有反为良知之障蔽,而不自觉者矣!"王守仁讲"皆为我之所用",用在哪里呢?用在启发良知,用在实现自觉。知道"发生了什么事"重要,知道"事是怎么来的""此类事还会不会发生"更为重要。史学家当尽职尽责,依现凭见,静察细观,深思熟虑,见微知著,洞悉表里,既要把过往的人和事"认清楚",又要把隐藏于背后的理"说明白"。

渐变

史学家吕思勉谈到过历史的"动"与"静"问题，亦触及了一治一乱的历史现象："人类以往的社会，似乎是一动一静的。我们试看，任何一个社会，在以往，大都有个突飞猛进的时期。隔着一个时期，就停滞不进了。再阅若干时，又可以突飞猛进起来。已而复归于停滞。如此更互不已。这是什么理由？解释的人，说节奏是人生的定律。个人如此，社会亦然。只能在遇见困难时，奋起而图功，到认为满足时，就要停滞下来了。社会在这时期就会本身无所发明；对于外来的，亦非消极的不肯接受，即积极地加以抗拒。世界是无一息不变的（不论自然的和人为的，都系如此）。人，因其感觉迟钝，或虽有感觉，而行为濡滞之故，非到外界变动，积微成著，使其感觉困难时，不肯加以理会，设法应付。正和我们住的屋子，非到除夕，不肯加以扫除，以致尘埃堆积，扫除时不得不大费其力一样。这是世界所以一治一乱的真原因。倘使当其渐变之时，随时加以审察，加以修正，自然不至于此了。"

吕思勉指出："从前感觉的迟钝，行为的濡滞，只是社会的病态。……我们能矫正其病态，一治一乱的现象，自然可以不复存，而世界遂臻于郅治了。这是我们研究历史的人最大的希望。"

顾颉刚曾语："编著中国通史的人，最易犯的毛病，是条列史实，缺乏见解……及吕思勉出，有鉴于此，乃以丰富的史识与流畅的笔调来写通史，方为通史写作开一个新的纪元。"

洞悉治乱兴衰的"动静"，要有怎样的功夫？

宋人孟元老《东京梦华录》序中曾有"太平日久，人物繁阜。垂髫之童，但习鼓舞；班白之老，不识干戈"之语，描绘的是"靖康之乱"前的"大宋盛景"。这也是突变的前夜。北宋、南宋之亡，虽是不敌金元之败，但内在的逐渐衰落仍是突变的根因。

明朝万历年间，吕坤曾在致孙镔的信件中写有"民心如实炮，捻一点而烈焰震天；国势如溃瓜，手一动而流液满地矣"一番话。吕坤是看清国家内忧外患、洞察社会内部蕴藏危机的少数人之一。

社会的渐变和突变，差异巨大。"渐变"时，人们难以觉察；"突变"时，人们感受明显。社会矛盾和问题，积累到一定程度，就会在某一时点上爆发，形成巨大的灾患。

史街寻微

雨打落叶处，山河已晚秋。俯拾地上一叶，觉知已来的寒凉，知冬日已在不远处等，这是悟醒。

"明者见危于无形，智者见祸于未萌。"社会管理、治理体制改革与运维机制调理之所以必要、重要，是因为这种改革、调理有利于体制机制的及时完善，使其适应社会发展需要。事物的"渐变"，是一种常态。几乎所有的社会方面，都处在矛盾的萌发、凸显、化解、转化之中，世道的渐变，人心的渐变，种种"渐变"，主要的矛盾和矛盾的主要方面，如同河面下不易看见的潜流、暗流，蕴育着冲出河岸的力量。察识河面下的流向、流速、流量，既能享用取水用水之益，又能做出疏浚的判断，做好堤岸的维护，警惕决堤的危险，防范洪涝的形成。

既然"渐变"是一种常态，变革相应地也应当成为一种常态。扬雄《法言》中有"可则因，否则革"之言。孙思邈曾说："良医导之以药石，救之以针剂，圣人和之以至德，辅之以人事，故形体有可愈之疾，天地有可消之灾。"善政者，不仅要知察政治制度、社会肌体的病灶、病状、病因，还要开出治病的药方。小病不治，终成大疾。能够治未病之病，才是大智大勇。从这个意义上讲，政治家对"智""勇"二字的理解，一定要真正深切到位。

政本

《管子·牧民》中概括了为政之要："政之所兴，在顺民心；政之所废，在逆民心。民恶忧劳，我佚乐之；民恶贫贱，我富贵之；民恶危坠，我存安之；民恶灭绝，我生育之。"治国理政，包括社会政治制度的立废、修缮、改进，人心向背总是最需看重的。《荀子·哀公》中鲁哀公与孔子的一番对话，说出了"水则载舟，水则覆舟"的道理。

权自民授，用权为民，本是天经地义。实现"佚乐之""富贵之""存安之""生育之"，满足民众实打实的期待和诉求，是为政者应尽的基本职责。《尚书》中说的"民惟邦本，本固邦宁"，《孟子》中说的"民为贵，社稷次之，君为轻"，《吕氏春秋》中说的"故凡举事，必先审民心，然后可举"，《淮南子》中说的"国主之有民也，犹城之有基，木之有根，根深则本固，基美则上宁"，都扣准了政本的关键。历朝历代，执政为民的理念灯火，照亮着不少政治家的良知、良心，留下了一串串躬行践履者的足迹，构成了中华政治文明的厚重底色。魏徵在《谏太宗十思疏》中言"怨不在大，可畏惟人；载舟覆舟，所宜深慎"。正由于此，几千年文明长河里，尽管政权更迭不已，国运跌宕起伏，但追求盛世良治，让百姓过上太平日子始终是历史演进的动力本源。

"本"的理在一处，"本"的源也在一处，而历代为官者的选择却百样千种。漫长的封建时代，君有明昏，臣分良奸。阶层间的沟壑太深，许许多多的时候，一些统治者的贪婪、昏庸、残暴，给民众带来了太多的灾难和痛楚。在政治舞台上，明君良臣、昏君奸臣的故事不断上演、落幕。史官笔下所记所录，能够呈现的，是一幅幅历史剧照。

清代万斯大《周官辨非·天官》中有言："圣人之治天下，利民之事，丝发必兴；厉民之事，毫末必去。"这里的"标尺"，是"利民"还是"厉民"之别。

不论是发展生产、运筹经济，还是治理社会、保障民生，任一政治制度，好与差的"纯度"都是相对的。政治制度的"好很多""差很多"，往往会决定芸芸众生是获益还是受害。为政者，选择得当与失当会是不同的结果。选择得当，顺民意，民获益；选择失当，逆民意，民受害。政治制度的嬗变与演进，端源于经济基础，来自芸芸众生的生计之本。芸芸众生的力量，如一滴滴水，经涓涓细流，可汇成江河，让时代改变容颜，让历史翻开新篇。为政者，只有顺应时代潮流，善作善为，方能有所建树。为趋利避害，政治制度的选择，必须维护民众的根本利益。为政者若要励精图治，获得民众的拥戴，必须坚守为民之政本，这是正途正道。

共鸣

《诗经·王风·黍离》一诗悲怆凄美,主人公面对黍子地、高粱田,忧心国事,散发着跌宕起伏的愁情。

> 彼黍离离,彼稷之苗。行迈靡靡,中心摇摇。知我者谓我心忧,不知我者谓我何求。悠悠苍天,此何人哉?
> 彼黍离离,彼稷之穗。行迈靡靡,中心如醉。知我者谓我心忧,不知我者谓我何求。悠悠苍天,此何人哉?
> 彼黍离离,彼稷之实。行迈靡靡,中心如噎。知我者谓我心忧,不知我者谓我何求。悠悠苍天,此何人哉?

对此诗主旨,《诗序》中说:"黍离,闵宗周也。周大夫行役,至于宗周,过故宗庙宫室,尽为禾黍。闵周室之颠覆,彷徨不忍去,而作是诗也。"

回望过往,人的万千愁绪中,不只是种种期待的落空,也有得而复失的感伤。再进一步说,在许多时候,人只有面对无法寻回的"失去",才会唤醒内心深处的怅然悔意。

在"失去"的痛楚中，唤醒悟性知觉，应该非《黍离》始，亦非《黍离》止。南唐后主李煜的《破阵子·四十年来家园》和《虞美人》也是这样的诗文。"四十年来家国，三千里地山河。凤阁龙楼连霄汉，玉树琼枝作烟萝。几曾识干戈？一旦归为臣虏，沈腰潘鬓消磨。最是仓皇辞庙日，教坊犹奏别离歌。垂泪对宫娥。"从"凤阁龙楼"，到"阶下囚"，李煜经受的是切肤之痛。

《虞美人》为41岁的李煜惹来了杀身之祸。这首词表达了浓烈深邃的悲情愁绪："春花秋月何时了，往事知多少？小楼昨夜又东风，故国不堪回首月明中。雕栏玉砌应犹在，只是朱颜改。问君能有几多愁？恰似一江春水向东流。"花月依旧，物是人非。李煜的际遇感受，非同常人，该过去的过不去，希望的又见不到，从天上到地下，巨大的落差摧毁了他最后的景望，成就了一位诗人忧郁哀伤的千古绝唱。此诗拨动人心弦的，不是李煜的际遇，而是因有此际遇诗文中显见的"真情实感"。

更多的后人，虽无李煜这般经历，但读到李煜的《破阵子》《虞美人》，心灵深处都会有莫名的情感触动，且多会产生共鸣。两首词凄然欲绝，哀婉沉至，把故国之思念、亡国之憾恨、囚禁之痛苦尽情地表达出来，终被悠扬传唱，且经久不衰。

李煜自然不知，过了千百年后，清初的纳兰性德成了自己的"知己"。纳兰性德曾语："花间之词如古玉器，贵重而不适用；宋词适用而少贵重，李后主兼有其美，更饶烟水迷离之致。"在许多人看来，纳兰性德词中的清新隽秀，哀婉真切，颇同李煜之诗风词韵。清周之琦言"纳兰容若，南唐李重光后身也"。陈维嵩言："饮水词哀感顽艳，得南唐二主之遗。"纳兰性德的"人生若只如初见，何事秋风悲画扇。等闲变却故人心，却道故人心易变""山一程，水一程。身向榆关那畔行，夜深千帐灯。风一更，雪一更。聒碎乡心梦不成，故园无此声"等诗句承载着万千真情实感。要深解其味，在诗文中，又在诗文外。纳兰性德19岁成婚，相伴三年后，妻卢氏难产而亡。悼亡妻之诗，字字含泪，情真意切。《采桑子》中写道："海天谁放冰轮满，惆怅离情。莫说离情，但值良宵总泪零。只应碧落重相见，那是今生。可奈今生，刚作愁时又忆卿。"《浣溪沙》中写道："谁念西风独自凉，萧萧黄叶闭疏窗，沉思往事立残阳。被酒莫惊春睡重，赌书消得泼茶香，当时只道是寻常。"

从远古，到现今，大凡传世的诗文，之所以能产生共鸣，都因为从中能够听到连通古今人心脉动的音律。

四维

《管子·牧民》中有一段话,提出了"四维"主张:"国有四维,一维绝则倾,二维绝则危,三维绝则覆,四维绝则灭。倾可正也,危可安也,覆可起也,灭不可复错也。何谓四维?一曰礼,二曰义,三曰廉,四曰耻。礼不逾节,义不自进,廉不蔽恶,耻不从枉。故不逾节则上位安,不自进则民无巧诈,不蔽恶则行自全,不从枉则邪事不生。"

作为春秋初年的政治家,在受到齐桓公重用之后,管仲励精图治,大胆改革,推行了一整套富国强兵措施,帮助齐桓公成为春秋时的第一个霸主。管仲讲"四维",把"礼""义""廉""耻"放在了极为重要的位置,这与其"仓廪实则知礼节,衣食足则知荣辱"的观点是不是有些矛盾?其实,这是不矛盾的。实现"礼不逾节""义不自进""廉不蔽恶""耻不从枉",除了倡导教化,还必须有"物质保障",两方面结合起来,彼此照应,相互助益,才能实现国家的长治久安。

管仲不仅提出"四维"的概念,更宣示出"量化"的警告，那就是从缺"一维"到缺"四维"的后果。高楼大厦要顶天立地，必有坚实支柱力撑。"四维"如柱。从"倾""危"到"覆""灭"，层层递进地劝说为政者，要权衡利弊得失，重视礼、义、廉、耻的倡导教化，重视确保人们尊礼守义、尚廉知耻的保障机制建设。

管仲是治国安邦的良相。认知"四维"之说蕴含的大义要领，也并不容易。因为人们看得见、看得起"硬支撑"易，而瞧得见、瞧得起"软支撑"难。管仲在助力齐桓公发展经济的同时，紧紧抓住德行教化不放，这是难能可贵的。

人世间的"好光景"，是"质"的厘定，也是"量"的评衡。许多时候，不是缺一不可，而是缺得太多了，"好光景"就真的变没了。

由管仲之言，可以想得更久远些。即使再过千年万年，人们还会从一次次社会动荡和危机中透见"四维"之说的价值，仍能感知践行"四维"是迎着曙光前行的人间大道。

附会

赵翼《廿二史札记》中有《荀彧、郭嘉二传附会处》一文。在这里，作者点破了史著中的"穿凿附会"问题。

《左传》载卜筮奇中处，如陈敬仲奔齐，繇词有"五世其昌""有妫之后，将育于姜"等语，其后无一字不验，似繇词专为此一事而设者，固文人好奇撰造以动人听也。陈寿《三国志》亦有此者。《荀彧传》谓彧料袁绍诸臣，田丰刚而犯上，许攸贪而不治，审配专而无谋，逢纪果而自用。此二人留知后事，若攸家犯法，配不纵也，不纵攸必为变。后审配果以攸家不法录其妻子，攸怒，遂背绍降操。又《郭嘉传》，操与绍相持于官渡，或传孙策将袭许，嘉曰："策勇而无备，若刺客伏起，一人之敌耳。"策果为许贡客所杀。此二事彧、嘉之逆料，可谓神矣，然岂能知攸之必犯，配之必激变，策之必死于匹夫之手，而操若左券，毋乃亦如《左传》之穿凿附会乎？

赵翼这里讲的《左传》《三国志》中的一些记载，都是传奇故事。史学著作须尊重"史实"，历史的真实性是史学著作的生命。赵翼质疑的穿凿附会问题，在史学著作中也远不止这几件事。比如《史记·吴王濞列传》中"高帝召濞相之"一节，也属于这类问题。刘邦"汉后五十年东南有乱者"的预言变成现实，岂不"料事如神"？

"夫所谓直笔者，不掩恶，不虚美，书之有益于褒贬，不书无损于劝诫。"这是唐代史学家刘知几的看法。著史者，时常面临"加法"和"减法"的选择。"加法"中又有两种：第一种是加入新发现的"史实"，第二种是加入新认知的"见解"。"附会"的东西，不是"史实"，根无据无，完全经不起考证推敲。史学著作中的"史实"含量"纯度"，百分之百是极难做到的。史学家的"见解"，要"言之有据"加"言之有理"。史学家写史时容易犯附会毛病：一是直接将"民间传说"或"道听途说""写进去"，没有察纠实考；二是凭空想象"当时场景"，甚至"古人言行"，自己"添枝加叶"，是想"佐证"某种"结论""结果"的合理性、合法性；三是引用他人著述中的"说法"，他人错了"跟着错"。

"故事性"不等于"真实性"。以《三国志》与《三国演义》为例，前者故事性差，而真实性强；后者真实性差，而故事性强。史学家观史必须讲"真实性",百姓要有阅读的兴趣,缺乏故事性不行。所以,《三国志》叫史书,《三国演义》叫小说。

《左传》是一部"言事相兼"的史著,亦成为儒家"十三经"之一。这部记载春秋时期历史的著作,是"史"又是"经",开创了宏大历史叙事的先河,也让许多"从前的人"树立起活生生的形象,留下了让后人记住的典辞名句。《三国志》是"前四史"之一,学术上获得了很高的评价。取材精审,考订慎重,文笔简洁,剪裁得当,是《三国志》的一大特点。赵翼从这两本书中"挑毛病",找出些"瑕疵","亮晒"出来,纯是尽史学家的天职。

宋人洪迈在《容斋续笔》中有"用是知好奇者,欲穿凿附会,固各有说云"之语。赵翼此处点出"穿凿附会"的问题,提醒人们:读史,不仅要用眼睛看,还要动脑子想。即使读史学名著,也须留意其中的少量"杂质"和"水分"。

明代陈献章在《与张廷实》一文中有言:"前辈谓学贵知疑,小疑则小进,大疑则大进。疑者觉悟之机也,一番觉悟,一番长进。"有怀疑精神不是什么都不相信,而是懂得"从前"传下来的东西里并非都纯真都纯实的道理,要避免"轻信"和"盲从"。

史道

"夫为史之道,其流有二。何者?书事记言,出自当时之简;勒成删定,归于后来之笔。然则当时草创者,资乎博闻实录,若董狐、南史是也;后来经始者,贵乎俊识通才,若班固、陈寿是也。必论其事业,前后不同。然相须而成,其归一揆。"刘知几《史通》中把史道"一分为二",也为"当时"和"后世"不同时代的史学家找准了"定位"。刘知几举出董狐、南史、班固、陈寿四人,是因为这四个人都在自己"前头"。而其身后,又有许多很有成就的史学大家,其中就有清代的赵翼。

《苏武牧羊》的故事脍炙人口。赵翼《廿二史札记》中有《与苏武同出使者》一节。全文如下:

> 苏武使匈奴,守节不屈,十九年始得归,人皆知之。然是时守节绝域,或归或不得归,不止武一人也。先是长史任敞使匈奴,欲令单于为外臣,单于怒,留敞不遣。又郭吉讽单于,单于亦留吉,辱之于北海上。路充国为

单于所留，且鞮侯单于立，始得归。是诸人皆在武之先。又《匈奴传》，匈奴欲和亲，先归苏武、马弘等以通善意。马弘者，前副光禄任忠使西域，为匈奴所遮，忠战死，弘被擒，不肯降，至是得归。是武之外尚有马弘也。赵破奴以浚稽将军与匈奴战，为所得，在匈奴中十年，与其子定国逃归。是破奴亦守节不屈者也。张骞先使月氏，道半为匈奴所得，留十年，持汉节不失。后乃逃出，由大宛、康居至月氏、大夏。从羌中归，又为匈奴所得。岁余，乘其国内乱，乃脱归。是骞之崎岖险阻，更甚于武也。

即与武同时出使者，有中郎将张胜及假吏常惠等。后胜为匈奴所杀，惠仍在匈奴，教汉使言天子在上林射，得雁足书，知武等所在，故武得归。是惠在匈奴亦十九年也。同时随武还者九人，见于武传者常惠、徐圣、赵终根，然至今但称武而已。惠后以军功封长罗侯，尚在人耳目间。圣、终根虽附书于传，已莫有知之者，其余尚有六人，并氏名亦不载。则同一使也，而传不传亦有命。又况是时二十余年间，汉留匈奴使，匈奴亦留汉使以相当，前后凡十余辈，则其中守节不屈者亦必有人，而皆不见于史籍，则有幸有不幸，岂不重可叹哉！

苏武，生于公元前140年，卒于公元前60年。公元前100年，苏武作为汉武帝派出的西汉大臣，受命出使匈奴，被匈奴扣留。在威逼利诱之下，苏武坚贞不屈，拒绝投降。后被流放荒原牧羊。历经19个春秋，公元前81年，匈奴才将他释放。苏武的故事，感动了天下人。从汉武帝，到汉昭帝，再到汉宣帝，苏武历经三朝，蹉跎的岁月留给后人无尽的惦念。

按刘知几的分类，赵翼握紧"后来之笔"，是"隽识通才"。赵翼《廿二史札记》一书撰成于清乾隆六十年（公元1795年），距苏武去世的公元前60年，已有1855年。时间过了这么久，赵翼讲这么一番话，并不是要否定苏武的高尚气节，没有低估的意味，只是想告诉人们：苏武不是一个人，而是一群人，一大批人。苏武代表的不屈不挠爱国精神和民族气节，他之前，他同时，他之后，一直都在。他与别人的区别，在于他的事迹广为人知，而更多的人则"皆不见于史籍"。

与赵翼同时代的钱大昕有言："盖史臣载笔，事久则议论易公，世近见闻必确。"这句话，仔细琢磨透彻，益于把握史学家"看得见"与"想明白"的时点站位和作为。

赵翼在文末点出的"有幸有不幸"，是此文之要义所在，也深刻阐述了历史人物扬名后世的必然与偶然。时光长河里，走过的无数人，能留名史册者寥若晨星。而这中间，又时有误差。有的人事迹被错记到别人头上，有的人事迹被漏记，有的人事迹虽载于史册，却处于边角，未被更多的后人知晓，湮灭在浩瀚的史料海洋之中。凡此种种，所在多多，正是赵翼所言"有不幸"。但这就是历史。赵翼识深意远，显现了史学家应有的非凡功力。从这一点说，读史学家的书，须懂史学家的心。

轻重

著史,要讲史德。史德之内涵,在于"公正"二字。赵翼《廿二史札记》中,谈到了陈寿在《三国志》中怎样对待诸葛亮的问题。在《陈寿论诸葛亮》中,赵翼写道:

《陈寿传》,寿父为马谡参军,谡为诸葛亮所诛,寿父亦被髡,故寿为亮传,谓"将略非所长"。此真无识之论也。亮之不可及处,原不必以用兵见长。观寿校定诸葛集表,言亮科教严明,赏罚必信,无恶不惩,无善不显。至于吏不容奸,人怀自励,至今梁、益之民,虽《甘棠》之咏召公,郑人之歌子产,无以过也。又亮传后评曰:"亮之为治也,开诚心,布公道,善无微而不赏,恶无纤而不贬。终于邦域之内,咸畏而爱之,刑政虽峻而无怨者,以其用心平而劝戒明也。"其颂孔明可谓独见其大矣。又于《杨洪传》谓西土咸服亮之能尽时人之器能也。《廖立传》谓亮废立为民,及亮卒,立泣曰:"吾终为左衽矣!"《李平传》亦谓平为亮所废,及亮卒,平遂发病死。平常冀亮在，当自补复，策后人不能故也。寿又引孟子之言，以为佚道使民，虽劳不怨，生道杀民，虽死不怨杀者，此真能述王佐心事。至于用兵不能克捷，亦明言"所与对敌或值人杰，加以众寡不侔，攻守异体，又时无名将，故使功业陵迟，且天命有归，不可以智力争也"。寿于司马氏最多回护，故亮遗懿巾帼，及"死诸葛走生仲达"等事，传中皆不敢书，而持论独如此，固知其折服于诸葛深矣。而谓其以父被髡之故以此寓贬，真不识轻重者。

《晋书·陈寿传》中的完整表述为："寿父为马谡参军，谡为诸葛亮所诛，寿父亦坐被髡，诸葛瞻又轻寿；寿为亮立传，谓'亮将略非长，无应敌之才'，言'瞻惟工书，名过其实'，议者以此少之。"对此，赵翼并不认可，而认为"此真无识之论也"，"而谓其以父被髡之故以此寓贬，真不识轻重者"。

赵翼替陈寿鸣不平，替陈寿说公道话，不是凭空而论，他以《三国志·诸葛亮传》书中的记载为证，说明陈寿对诸葛亮的评价中道客观，没有因私家恩怨而故意贬损诸葛亮。不仅如此，赵翼还从《三国志·杨洪传》《三国志·廖立传》《三国志·李平传》等中，找出了陈寿对诸葛亮作出了"能尽时人之器能"等评价，还为诸葛亮"用兵不能克捷"的原因作了客观分析。在司马氏当权的时候，陈寿能做到这样的份儿上，实属不易，"固知其折服于诸葛深矣"。

左丘明这样评价孔子修订的《春秋》："《春秋》之称，微而显，志而晦，婉而成章，尽而不污，惩恶而劝善，非圣人，谁能修之？"这样说来，史学家地位何等高也！孟子曾有"尧舜不胜其美，桀纣不胜其恶"之言，提醒人们，对人的评价，不能因好恶而随意"加二成""减三分"。史学家刘知几也有"君子以博闻多识为工，良史以实录直书为贵"之言。他解释道："苟爱而知其丑，憎而知其善，善恶必书，斯为实录。"史品，内涵德义，对于史学家来说极为重要。从某种意义上说，史品加上才学才能成就大家。客观记叙"史实"需要有史品，公正评价"历史人物"更需要有史品。史海沧茫，人际纷纭，横看竖观，对曾经发生过的任何一件事，对史街走过的任何一个人，做到客观、公正，都并不容易。说公道话，要排除私心杂念，要分清是非黑白，更要有超越狭小自我局限的精神。如果史学家有崇高的品德，加上才学非凡，就会重笔挥毫，扶正黜邪，叙事确切，评说中肯，拨开云雾，破除迷障，识广知深，廓清事物来龙去脉，还历史人物、事件本来面目。

确论

《贞观政要·任贤第三》中对大臣王珪有一段记载：

时房玄龄、魏徵、李靖、温彦博、戴胄与珪同知国政，尝因侍宴，太宗谓珪曰："卿识鉴精通，尤善谈论，自玄龄等，咸宜品藻。又可自量，孰与诸子贤？"对曰："孜孜奉国，知无不为，臣不如玄龄。每以谏诤为心，耻君不及尧、舜，臣不如魏徵。才兼文武，出将入相，臣不如李靖。敷奏详明，出纳惟允，臣不如温彦博。处繁理剧，众务必举，臣不如戴胄。至如激浊扬清，嫉恶好善，臣于数子，亦有一日之长。"太宗深然其言，群公亦各以为尽己所怀，谓之确论。

王珪是唐初四大名相之一。《新唐书·王珪传》中称赞他"性沉澹，为人雅正，恬于所遇，交不苟合"。唐代中晚期名相李德裕的评价是："如王珪者，可谓识微之士，明于祸福矣。"

《贞观政要》中这段记载，猛一看，唐太宗要王珪点评

"群公",给王珪出了一道难题。其实,唐太宗问王珪这个问题时,答案早在自己心中了。知人善任,唐太宗深得要领。而最难得的,是王珪的回答进退有据,又说到了唐太宗的心坎上。唐太宗"深然其言",证明了自己重用房玄龄、魏徵、李靖、温彦博、戴胄、王珪的选择正确。唐太宗评价其言为"确论"实属少有。王珪为他人画像,也在自画像。说人说己,说得中肯,说得公道,说得上下心悦诚服,并不容易。对所有人,一辈子,几十年,百十年,对任何人,都不算太长。来不及把想做的事都做好,来不及把想让人知、想让人懂的事理说清楚,是许多人离世时心中的遗憾。普通人如此,政治家也如此。评价人,有"时评",有"终评"。见仁见智中,看法一致,需要时间。在世时得到的评价与身后几百年、几千年的评价会否一致?古往今来,看人论事,可说人长,亦可道人短,但真正做到客观、公正最难。许许多多的人,在世之时,甚或离世后相当长一段时间,得不到公允的评价。而公允评价的出现往往要经历漫长岁月。

察知一个人,从其如何"评说他人",能见胸怀格局。唐太宗和王珪的对话,君坦诚,臣直言,堪称经典。这个故事,留给后人细想深思的地方不少。

守直

《贞观政要·政体第二》记载：

贞观元年，太宗谓黄门侍郎王珪曰："中书所出诏敕，颇有意见不同，或兼错失而相正以否。元置中书、门下，本拟相防过误。人之意见，每或不同，有所是非，本为公事。或有护己之短，忌闻其失，有是有非，衔以为怨。或有苟避私隙，相惜颜面，知非政事，遂即施行。难违一官之小情，顿为万人之大弊。此实亡国之政，卿辈特须在意防也。隋日内外庶官，政以依违，而致祸乱，人多不能深思此理。当时皆谓祸不及身，面从背言，不以为患。后至大乱一起，家国俱丧，虽有脱身之人，纵不遭刑戮，皆辛苦仅免，甚为时论所贬黜。卿等特须灭私徇公，坚守直道，庶事相启沃，勿上下雷同也。"

所有政策，由人制定，由人执行。人无完人。任一政策，都出自权衡利弊得失之后。利多少，弊多少，得什么，失什么，决策者时常面对复杂的局面和艰难的选择。追求尽可能完善的议政制度，出发点就是为了尽可能地趋利避害，尽可能地减少决策的失误。"三省六部制"起始于隋，完善于唐。唐太宗在这段对话中简洁而深刻地讲清了设立中书、门下相互制衡的道理，善政光有制度不够，还要群臣灭私循公，坚守直道，否则不敢提出、不愿听到不同意见，制衡机制变空，就会"政以依违，而致祸乱"。

一个执政团队如果听不见不同声音，也会出现弊政，唐太宗叮嘱大臣要"意防"。为什么呢？重要的国家大政方针需要群臣以不同意见去"相正以否"，才能"相防过误"。如果看不见政治机理，政策制定过程中缺少了"相正""相防"环节，难免会出现重要失误。

在这种情况下，执政者固执己见，或者因护短而不愿听到批评其过失的不同意见，或者为了颜面明知这些决策"非政事"，却也同意施行，这就是亡国之政了。

国泰民安，是大治的结果。大治怎么来？在于国家有保障生产发展、社会运转、百姓生计的基本经济、政治、社会制度和有效的国家治理体系。千百年来，贞观之治被广为赞誉。这短暂的二十三年里，君臣同心、选贤任能、轻徭薄赋、布德怀柔，呈现出的是政治清明、和谐安定景象。实际上，这二十三年，也潜藏着接前连后的治乱兴衰的政治密码。唐太宗对大臣王珪讲的这番话值得透彻琢磨。

从"一官之小情"，到"万人之大弊"，对"兴国之政"和"亡国之政"，唐太宗悟得比较深切："隋日内外庶官，政以依违，而致祸乱，人多不能深思此理。"唐太宗讲前朝的弊政，强调"灭私徇公""坚守直道"，不只是说给王珪听的，而是对所有官员们的提醒劝诫。一个庞大的国家执政团队，上下左右同心同向至关重要。这是事业成败的关键。任何成员，可以品德有高低，可以才智有大小，可以能力有强弱，可以眼界有宽窄，但不可以不同心不同向。同心则共甘苦，同向则力相加。唐太宗的忧思就在这里。他唯恐朝野在沉酣中忘却了潜在的危机。

唐太宗总和大臣们谈论隋王朝败亡的教训，主要不是想证明新政权替代旧政权的合理性、合法性，而是担心唐王朝重蹈隋王朝的覆辙。这样"远虑"，也最终为许多年后唐哀帝李柷被逼禅位的悲惨结局所验证。

知失

唐太宗最怕听不到有参考价值的谏言。《贞观政要·求谏第四》中载：

> 太宗威容俨肃，百僚进见者，皆失其举措。太宗知其若此，每见人奏事，必假颜色，冀闻谏诤，知政教得失。贞观初，尝谓公卿曰："人欲自照，必须明镜；主欲知过，必藉忠臣。主若自贤，臣不匡正，欲不危败，岂可得乎？故君失其国，臣亦不能独全其家。至于隋炀帝暴虐，臣下钳口，卒令不闻其过，遂至灭亡，虞世基等寻亦诛死。前事不远，公等每看事有不利于人，必须极言规谏。"

"人欲自照，必须明镜；主欲知过，必藉忠臣。"这十六个字，是唐太宗鉴往知今的总结。为了多听到些不同意见，唐太宗用心改变自己的容颜，放下身段纳言。"君失其国，臣亦不能独全其家"，唐太宗对众大臣的告诫，话说得虽然重些，确也把实话亮在了明处。"前事不远"，举隋朝的事例，既讲对国家对君王的利害，又讲对臣下的关联，这样就使大家明白执政团队作为命运共同体，必须同心同德、同舟共济，必须有及时发现过错、纠正过错的良好机制。

忠言逆耳，良药苦口。居高位，尤其手握生杀予夺大权的高位，常常难以听到真话实话。对此处境，唐太宗是少有的清醒者。顺耳可心的"好听话"，对许许多多人来说有着难以抗拒的诱惑力。"难听话"不仅是话说得不中听、不好听，还往往让人难以"听到"。人贵有自知之明。何以为贵？稀少也。而人只有知道自己总会有所不知，知道天地间瞬息万变一切中自己的尘微，知道无我领域的广大深邃恒远，才会产生忧患意识和求望新知的欲望。

但凡决策，均有取舍。孰轻孰重，何得何失，判断正确，既要眼光远大，又需审时度势，利长远，又顾及当下。对政治家而言，不论见首见尾还是见中，许多时候，相互攻评各执一端的时候，左右权衡难下决心的时候，火烧眉毛等不了的时候，甚至紧要关头生死攸关的时候，都面临"判断"的考验。这时，能够多听各方意见建议，在多种不同意见建议中权衡利弊"选其一"、取长补短"合其一"，是智慧，更是担当。

唐太宗的清醒，是可贵的，却也是稀少的。因为可贵，历史上有了贞观之治的辉煌；因为稀少，唐王朝最终还是在败亡的凄风冷雨中落幕。

德政

"小德川流，大德敦化，《中庸》中这句话颇有深意。讲治国要领，孔子倡导德政。《论语》载："子曰：'为政以德，譬如北辰，居其所而众星共之。'"从孔子到孟子、荀子，从《论语》到《中庸》《大学》，德政思想对历朝历代的统治者产生了巨大影响。在《论语》中，"德"字共出现三十八次，而"为政以德"的"德"字，蕴含的内涵十分丰富。

孔子的德政学说，追溯源头，始于"上古"居高位者的执政实践。《尚书·盘庚上》中记载，盘庚提出了"施实德于民"的思想。德政的核心，是"亲民为民"。其主要内在，一是惠民，让百姓得实惠；二是重道德教化，使人明白并摆正自己与他人与社会的关系；三是执政团队的以身作则，廉政勤政；四是用人上重才更重德，讲究德才兼备。

治国要做到德主刑辅，为政者要信德、有德、知德、用德。德化之功，体现在达到"百姓日用而不觉"的境界。整个社会大多数人都知德、守德、为德，政通人和，风清气正，那受刑罚的人自然就少了。这里，关键是"上梁"要正，是

居高位者要"带好头"。《贞观政要·论俭约》中有这么一段记叙:

> 贞观四年,太宗谓侍臣曰:"崇饰宫宇,游赏池台,帝王之所欲,百姓之所不欲。帝王所欲者放逸,百姓所不欲者劳弊。孔子云:'有一言可以终身行之者,其恕乎!己所不欲,勿施于人。'劳弊之事,诚不可施于百姓。朕尊为帝王,富有四海,每事由己,诚能自节,若百姓不欲,必能顺其情也。"
>
> 魏徵曰:"陛下本怜百姓,每节己以顺人。臣闻:'以欲从人者昌,以人乐己者亡。'隋炀帝志在无厌,惟好奢侈,所司每有供奉营造,小不称意,则有峻罚严刑。上之所好,下必有甚,竞为无限,遂至灭亡。此非书籍所传,亦陛下目所亲见。为其无道,故天命陛下代之。陛下若以为足,今日不啻足矣。若以为不足,更万倍过此亦不足。"
>
> 太宗曰:"公所奏对甚善!非公,朕安得闻此言?"

在封建时代,监督权力的体制机制并不完备甚至不具备,这种情况下,身居高位者个人品德修养如何变得十分重要。

唐太宗与魏徵的这番对话，通过讲"己所不欲，勿施于人"的道理，通过讲"足与不足"的辩证关系，强调的是执政者的表率作用。"上之所好，下必有甚，竞为无限，遂至灭亡"，话说得虽然重了些，但确实有根有据，可谓说到了要害处。

贞观之治，核心理念是以民为本，致力于推行均田、奖励垦荒、兴修水利、去奢省费、轻徭薄赋、选用廉吏、惩贪治腐，形成了"海内升平，路不拾遗，外户不闭，商旅野宿焉"的局面。唐太宗治国安民有方，也赢得了极高的民心指数。白居易《七德舞》中赞扬唐太宗"不独善战善乘时，以心感人人心归。尔来一百九十载，天下至今歌舞之"。夸赞的话说得虽然"满"了些，但为民之政的好口碑长存世间，总是不争的事实。

惦念

《诗经》是中国最早的一部诗歌总集。在文化典存上,不论作为"诗"还是作为"经",它都占有无可撼动的地位。其实,《诗经》还承载着"史"的功用。比如《公刘》,今天值得从"史"的角度仔细品读。诗文如下:

笃公刘,匪居匪康。乃场乃疆,乃积乃仓。乃裹餱粮,于橐于囊。思辑用光,弓矢斯张,干戈戚扬,爰方启行。

笃公刘,于胥斯原。既庶既繁,既顺乃宣,而无永叹。陟则在巘,复降在原。何以舟之?维玉及瑶,鞞琫容刀。

笃公刘,逝彼百泉,瞻彼溥原,乃陟南冈,乃觏于京。京师之野,于时处处,于时庐旅,于时言言,于时语语。

笃公刘,于京斯依。跄跄济济,俾筵俾几,既登乃依,乃造其曹,执豕于牢。酌之用匏,食之饮之,君之宗之。

笃公刘，既溥既长，既景乃冈，相其阴阳，观其流泉。其军三单，度其隰原，彻田为粮。度其夕阳，豳居允荒。

笃公刘，于豳斯馆。涉渭为乱，取厉取锻，止基乃理，爰众爰有。夹其皇涧，溯其过涧。止旅乃密，芮鞫之即。

这是一首叙事诗，也是一首赞颂诗。作为周之后人的作品，诗作记载了公刘带领民众迁豳开创基业的史实。《史记·周本纪》中载："公刘虽在戎狄之间，复修后稷之业，务耕种，行地宜。自漆沮渡渭，取材用。行者有资，居者有蓄积。民赖其庆，百姓怀之，多徙而保归焉。周道之兴自此始，故诗人歌乐思其德。"司马迁是用散文笔法，讲公刘功业，讲公刘品德，也在注解诗文。《诗序》说此诗是召康公戒周成王之作。朱熹《诗集传》载："旧说召康公以成王将莅政，当戒以民事，故咏公刘之事以告之曰：'厚者，公刘之于民也！'"按此说法，诗文成于公元前十一世纪前后。诗文中展现了公刘拓展疆土、建国立宗、发展农业的艰辛过程，反映了先民们追求向往美好生活，齐心协力、患难与共、开拓进取的精神。一心为民者,由短暂人生燃发的光亮,在历史上的某一时空,哪怕只是星星点点,只是鳞鳞片片,只是断断续续,但因为让苦难中挣扎的人们透见了前路的希望,便拥有了恒久传承的能量。公刘得到了百姓拥戴,也受到了后世赞扬。由《公刘》,想到秦人的祖先。秦起于荒凉之地,终成宏图大业。当然,这都只是历史长河中的一段一程,完整地回望,亦都有自身兴衰成败的历史轨迹。

  《诗经》是"诗"、是"经",也是"史"。集此三者之功用,《公刘》是典型的例证。

得人

"为政之要,惟在得人。用非其才,必难致治。"唐太宗这句话,说到了要紧处。《新唐书》记录有中书舍人马周写给唐太宗的一份上疏,其中一段写道:

> 臣伏见诏宗室功臣悉就藩国,遂贻子孙,世守其政。窃惟陛下之意,诚爱之重之,欲其裔绪承守,与国无疆也。臣谓必如诏书者,陛下宜思所以安存之,富贵之,何必使世官也?且尧、舜之父,有朱、均之子。若令有不肖子袭封嗣职,兆庶被殃,国家蒙患。正欲绝之,则子文之治犹在也,正欲存之,而栾黡之恶已暴也。必曰与其毒害于见存之人,宁割恩于已亡之臣,则向所谓爱之重之者,适所以伤之也。臣谓宜赋以茅土,畴以户邑,必有材行,随器而授,虽干翮非强,亦可以免累。汉光武不任功臣以吏事,所以终全其世者,良得其术也。愿陛下深思其事,使得奉大恩,而子孙终其福禄也。

《贞观政要》载:"太宗并嘉纳其言。于是竟罢子弟及功臣世袭刺史。"

衡量任何社会制度的优劣好坏长短,选什么人来完成治国安邦的使命始终是最重要的标尺。让有品德、有才智、有能力的人拥有一定地位、行使职权是天下人之大幸。反之,是大不幸。这里,"位"给何人是第一步,而"权"怎么用是第二步。

"选人""用人",难在"选"字,利在"用"字。人选不准,选不当,"用"起来就不会顺手,成不了事不说,还会坏事。"出身"是每个人的"起点"。家境、地缘、受教育程度、个人智力品性等方面的差异,会使每个人的"起点"不同。这种"起点"的不一样甚至"不公平",是客观的事实。而良好的社会政治环境,应该也必须形成一种公平、公开、公正的选人、用人制度和机制,让站在不同"起点"上的人有同等的效力国家、服务民众的机会。大家可以来自不同"起点",站到这个制度和机制面前时,又都有一把相同的"标尺"。这样就能够把治国安邦的良材优选出来,使他们勤政廉洁高效地理政、理事、理财,为国为民造福。

看得人之制的优劣,重在效用,选得好,用得好,利国利民,是关键。趋利避害,是人类生存发展的需要。当旧的东西被新的东西代替之时，若无"不舍"，必是这新的东西具有了更好满足人类需要的功用，只是此时不能忘了旧的东西也曾经有过代替"更旧"东西的价值。

科举制度萌发于南北朝时期，成形于唐代。科举制度的形成，有一个过程。从魏文帝时的"九品中正制"，再到汉武帝确立的"察举制"，到了隋唐设立取士科目，终于定形成制。客观评价，在封建社会，实行"科举制"取代"以父取子"的门第制度，是选人用人的一种进步。在相当长时期，利大于弊。至于后来"科举制"跟不上时代之变之需，走向穷途末路，则又是另一层面的问题了。

溯源而追前，顺流而看后，可知，用人制度不是一成不变的，必当不断应时、应势、应需创新求变，不断完善，方此，才能成为上佳的得人之制。

诚信

诚信对治国理政有多重要？《贞观政要·诚信第十七》中，全文录有魏徵给唐太宗的一篇上疏，析事明理，颇为透彻，值得细读：

贞观十年，魏徵上疏曰：

臣闻为国之基，必资于德礼；君之所保，惟在于诚信。诚信立则下无二心，德礼形则远人斯格。然则德礼诚信，国之大纲，在于君臣父子，不可斯须而废也。故孔子曰："君使臣以礼，臣事君以忠。"又曰："自古皆有死，民无信不立。"文子曰："同言而信，信在言前；同令而行，诚在令外。"然则言而不信，言无信也；令而不从，令无诚也。不信之言，无诚之令，为上则败德，为下则危身，虽在颠沛之中，君子之所不为也。

自王道休明，十有余载，威加海外，万国来庭，仓廪日积，土地日广。然而道德未益厚，仁义未益博者，何哉？由乎待下之情，未尽于诚信，虽有善始之勤，未睹克终之美故也。昔贞观之始，乃闻善惊叹，暨八九年间，犹悦以从谏。自兹厥后，渐恶直言，虽或勉强有所容，非复曩时之豁如。謇谔之辈，稍避龙鳞；便佞之徒，肆其巧辩。谓同心者为擅权，谓忠谠者为诽谤。谓之为朋党，虽忠信而可疑；谓之为至公，虽矫伪而无咎。强直者畏擅权之议，忠谠者虑诽谤之尤。正臣不得尽其言，大臣莫能与之争。荧惑视听，郁于大道，妨政损德，其在此乎？故孔子曰"恶利口之覆邦家者"，盖为此也。

且君子小人，貌同心异，君子掩人之恶，扬人之善，临难无苟免，杀身以成仁。小人不耻不仁，不畏不义，唯利之所在，危人自安。夫苟在危人，则何所不至？今欲将求致治，必委之于君子；事有得失，或访之于小人。其待君子也则敬而疏，遇小人也必轻而狎。狎则言无不尽，疏则情不上通。是则毁誉在于小人，刑罚加于君子，实兴丧之所在，可不慎哉！此乃孙卿所谓："使智者谋之，与愚者论之，使修洁之士行之，与污鄙之人疑之。欲其成功，可得乎哉！"夫中智之人，岂无小慧，然才非经国，虑不及远，虽竭力尽诚，犹未免于倾败，况内怀奸利，承颜顺旨，其为祸患，不亦深乎？夫立直木而疑影之不直，虽竭精神，劳思虑，其不得，亦已明矣。

夫君能尽礼，臣能竭忠，必在于内外无私，上下相信。上不信，则无以使下，下不信，则无以事上，信之为道大矣！昔齐桓公问于管仲曰："吾欲使酒腐于爵，肉腐于俎，得无害霸乎？"管仲曰："此极非其善者，然亦无害于霸也。"桓公曰："如何而害霸乎？"管仲曰："不能知人，害霸也；知而不能任，害霸也；任而不能信，害霸也；既信而又使小人参之，害霸也。"晋中行穆伯攻鼓，经年而弗能下，馈间伦曰："鼓之啬夫，间伦知之。请无疲士大夫，而鼓可得。"穆伯不应。左右曰："不折一戟，不伤一卒，而鼓可得，君奚为不取？"穆伯曰："间伦之为人也，佞而不仁，若使间伦下之，吾可以不赏之乎？若赏之，是赏佞人也。佞人得志，是使晋国之士舍仁而为佞。虽得鼓，将何用之？"夫穆伯，列国之大夫，管仲，霸者之良佐，犹能慎于信任，远避佞人也如此，况乎为四海之大君，应千龄之上圣，而可使巍巍至德之盛，将有所间乎？

若欲令君子小人是非不杂，必怀之以德，待之以信，厉之以义，节之以礼，然后善善而恶恶，审罚而明赏。则小人绝其私佞，君子自强不息，无为之治，何远之有？善善而不能进，恶恶而不能去，罚不及于有罪，赏不加于有功，则危亡之期，或未可保，永锡祚胤，将何望哉！

太宗览疏叹曰："若不遇公，何由得闻此语？"

读此文，有四句话，须"集合"起来"融会贯通"：
——"德礼诚信，国之大纲"；
——"言而不行，言无信也；令而不从，令无诚也"；
——"夫君能尽礼，臣得竭忠，必在于内外无私，上下相信"；
——"若欲令君子小人是非不杂，必怀之以德，待之以信，厉之以义，节之以礼，然后善善而恶恶，审罚而明赏"。

魏徵如此这般讲诚信道理，是有"背景"的。这个"背景"就是上疏中点出的一个事实："昔贞观之始，乃闻善惊叹，暨八九年间，犹悦以从谏。自兹厥后，渐恶直言，虽或勉强有所容，非复曩时之豁如。謇谔之辈，稍避龙鳞；便佞之徒，肆其巧辩。"唐太宗的"渐变"，是在"威加海外，万国来庭，仓廪日积，土地日广"的盛势下形成的。对这一"渐变"，许多人感觉到了，但不敢说出来。魏徵的可贵之处，就在于敢于"直言不讳"。写此篇上疏，魏徵一定经过了深思熟虑，把"说什么"和"怎么说"的内容、方式统筹周全了。

在"说什么"上,魏徵既摆出了唐太宗"渐变"及"后果"的事实,又论述了"德礼诚信"的重要性、必要性,警告做不到的"严重后果"。在"怎么说"上,魏徵旁征博引,引言举例,融会情理,颇具感染力。从效果看,"说什么"到"怎么说",魏徵都达到了目的。

为政者的"渐变",会深深影响世道"渐变"和政治氛围的"渐变"。这是客观的"因果"关系。清醒的为政者,正视这一点十分重要。看清楚"果"之"因",检讨政疏策过,调整完善改进,会在"渐变"的一定阶段,悬崖勒马,回归正途。可以想象,当唐太宗说出"若不遇公,何由得闻此语"的感叹时,他必处于一种深刻自省而又无比复杂的心境!

权法

《贞观政要·公平第十六》载：

贞观元年，吏部尚书长孙无忌尝被召，不解佩刀入东上阁门，出阁门后，监门校尉始觉。尚书右仆射封德彝议以监门校尉不觉，罪当死；无忌误带刀入，徒二年，罚铜二十斤。太宗从之。

大理少卿戴胄驳曰："校尉不觉，无忌带刀入内，同为误耳。夫臣子之于尊极，不得称误，准律云：'供御汤药、饮食、舟船，误不如法者，皆死。'陛下若录其功，非宪司所决；若当据法，罚铜未为得理。"太宗曰："法者非朕一人之法，乃天下之法，何得以无忌国之亲戚，便欲挠法耶？"更令定议。德彝执议如初，太宗将从其议，胄又驳奏曰："校尉缘无忌以致罪，于法当轻，若论其过误，则为情一也，而生死顿殊，敢以固请。"太宗乃免校尉之死。

是时，朝廷大开选举，或有诈伪阶资者，太宗令其自首，不首，罪至于死。俄有诈伪者事泄，胄据法断流以奏之。太宗曰："朕初下敕，不首者死，今断从法，是示天下以不信矣。"胄曰："陛下当即杀之，非臣所及，既付所司，臣不敢亏法。"太宗曰："卿自守法，而令朕失信耶？"胄曰："法者国家所以布大信于天下，言者当时喜怒之所发耳。陛下发一朝之忿，而许杀之，既知不可，而置之以法，此乃忍小忿而存大信，臣窃为陛下惜之。"

太宗曰："联法有所失，卿能正之，朕复何忧也！"

这两个"小故事"说的不是"小事情"。"大厦之构，非一木之枝"。完整、理想的社会治理体制，一定是动力机制、平衡机制、调控机制齐备而又有机结合的体制，一定是能够促进生产发展，解决百姓生计，能合理调处"效率"与"公平"关系，各环节有序有效运转的体制，一定是刑律规章、奖惩标准明细有据、宽严适度的体制。唐太宗执政期间，他立志要建立这样的体制。应该说，经贞观之治，唐太宗和辅佐他的群臣，部分地实现了自己的理想目标。封建社会体制、制度的局限性及执政团队的能力、水平、眼界的局限性，都会影响、制约理想目标的实现成效。但不管怎么说，唐太宗和他的执政团队还是在尽力而为,从一点一滴、一言一行做起,竭力推进善治良政。两个"小故事",从一个侧面,反映了面对权与法的较量,执政者最终的选择取向,证实了唐太宗和他的执政团队要自我修正、自我革新并非易事。评价贞观之治这一程,仅知其出彩和成功不够,还须透见其中的局限和艰辛。

股肱

君臣同心，关键是建立信任关系。《贞观政要·杜谗邪第二十三》载：

> 太宗谓房玄龄、杜如晦曰："朕闻自古帝王上合天心，以致太平者，皆股肱之力。朕比开直言之路者，庶知冤屈，欲闻谏诤。所有上封事人，多告讦百官，细无可采。朕历选前王，但有君疑于臣，则下不能上达，欲求尽忠极虑，何可得哉？而无识之人，务行谮毁，交乱君臣，殊非益国。自今以后，有上书讦人小恶者，当以谗人之罪罪之。"

从这番话，能够看出，唐太宗认识到了依靠"股肱之力"的极端重要性，认识到了"交乱君臣，殊非益国"。唐太宗说："朕历观自古人臣立忠之事，若值明主便宜尽诚规谏，至如龙逢、比干，不免孥戮。为君不易，为臣极难。"

在封建体制之下，为君者处于权力顶峰，有着绝对优势，君臣之间要建立信任关系，主导责任在为君者。唐太宗是明白人，《贞观政要》记载的这两段话自然也是明白话。听到"真心的话"，了解到"真实的事"，懂得"真切的理"，容易又不容易。

韩非写有《说难》一文。因文中对"难"字有深刻独到的描述和见解，《史记》对此文作了转引。"凡说之难：非吾知之有以说之之难也，又非吾辩之能明吾意之难也，又非吾敢横失而能尽之难也。凡说之难：在知所说之心，可以吾说当之。"韩非这番话，讲出了以下对上进言之难。

唐太宗的身边，集聚了一大批治国理政的优秀人才，如魏徵、房玄龄、杜如晦、王珪、李靖、长孙无忌等，正因为他认识到了君臣同心、相互成就的重要性，认识到听"真心的话"、知"真实的事"、懂"真切的理"的重大重要，他才会广聚贤才、广纳良言，才在稳定政局、发展经济、安抚百姓、慎刑简法、御边怀远等方面施展了宏图、实现了作为。

表象

《卖柑者言》是元末时刘基写的一篇寓言，文不长，意颇深，值得细读：

> 杭有卖果者，善藏柑，涉寒暑不溃。出之烨然，玉质而金色。置于市，贾十倍，人争鬻之。
>
> 予贸得其一，剖之，如有烟扑口鼻，视其中，则干若败絮。予怪而问之曰："若所市于人者，将以实笾豆，奉祭祀，供宾客乎？将炫外以惑愚瞽也？甚矣哉，为欺也！"
>
> 卖者笑曰："吾业是有年矣。吾赖是以食吾躯。吾售之，人取之，未尝有言，而独不足子所乎？世之为欺者不寡矣，而独我也乎？吾子未之思也。今夫佩虎符、坐皋比者，洸洸乎干城之具也，果能授孙、吴之略耶？峨大冠、拖长绅者，昂昂乎庙堂之器也，果能建伊、皋之业耶？盗起而不知御，民困而不知救，吏奸而不知禁，法斁而不知理，坐糜廪粟而不知耻。观其坐高堂，骑大

马，醉醇醴而饫肥鲜者，孰不巍巍乎可畏，赫赫乎可象也？又何往而不金玉其外，败絮其中也哉！今子是之不察，而以察吾柑！"

予默默无以应。退而思其言，类东方生滑稽之流。岂其愤世疾邪者耶？而托于柑以讽耶？

"卖柑者"说这番话，一口气说下来，一口气说开去，显得从容不迫，不仅是振振有词，而且是举一反三，从卖柑说到了官场，层层递进，显得"言之有据""理直气壮"，直到说得问话人"默默无以应"。

浮华的东西，自古至今，时不时泛起，根因总值得深挖细究。人对眼前闪现的光环，有的时候会有迷失和幻觉，缺乏必要的自醒。还有的人，有意在制造、放大虚荣的东西，希望借此影响他人的判断和认知。

"金玉其外，败絮其中"，这句至理名言，讽刺、贬斥了重外在、轻内在的社会现象。世俗的眼光，所观望到的，首先是"表象"。相当多的时候，相当多的人，"眼见为实"的"实"并不是事物的内在质地、内在规律，更不是事物来去的根因。实际上，世间能由表及里、由外到内、由点到面、由来到去地问个究竟的人总是"少数"的。这"少数"中，都该有什么人呢?"坐高堂""骑大马"的人如果不在这"少数"中,而治事理政止于浮华表象,那危害就很大。

"包装"过度弊端甚多。"人饰衣裳马饰鞍。"在这种认知标准下,靠过度"包装"乃至凭借假象可以"贾十倍,人争鬻之","金玉其外,败絮其中"的事就出来了。

其实,政治风气对社会风气具有引领作用。借"卖柑者"的所言,用"买柑者"的耳目,作者警示世人,不只是卖柑买柑这么简单,小小柑果的背后,有篇更大的文章。

"求真"这两个字,易说难做。相当多的时候,"真相"离人们并不远,甚至就在眼前,但就是该看见的人"看不见";"真话"就在人的心里头,甚至就在嘴边上,但就是该听见的人"听不见"。相当多的时候,"真"的东西并不好看,"真"的话并不好听。而好看的东西,好听的话,许多是假的。人要看真东西、听真话,需要好眼力、大胸怀。

重任

《古文观止》中，收录有司马光所作《谏院题名记》一文。此文只有一百多个字，专谈"谏官"的职责，话说得十分透彻：

> 古者谏无官，自公卿大夫，至于工商，无不得谏者。汉兴以来始置官。夫以天下之政，四海之众，得失利病，萃于一官使言之，其为任亦重矣。居是官者，常志其大，舍其细；先其急，后其缓；专利国家，而不为身谋。彼汲汲于名者，犹汲汲于利也，其间相去何远哉！

> 天禧初，真宗诏置谏官六员，责其职事。庆历中，钱君始书其名于版，光恐久而漫灭。嘉祐八年，刻著于石。后之人将历指其名而议之曰：某也忠，某也诈，某也直，某也曲。呜呼，可不惧哉？

谏官者何？专事提意见建议的人。司马光用"夫以天下之政，四海之众，得失利病，萃于一官使言之，其为任亦重矣"几句话，把谏官的职责说明白了。"居是官者，常志其大，舍其细；先其急，后其缓；专利国家，而不为身谋。"司马光提出的称职谏官的品德标准，相当精当。

谏官当得尽不尽职守，怎么评判呢？"名于版""刻于石"，这样的办法，目的只有一个：让天下人、后来人来评判谏官的表现，谁称职、谁失职，天下人说了算。

司马光生于公元1019年，卒于公元1086年。他生命中的最大亮点，是主持编撰了大型编年体史书《资治通鉴》。《谏院题名记》虽是篇"小文章"，但司马光借其表达出的思想相当深远。他告诉世人，自己是敢于直谏的人，不阿谀奉承，不为自身谋，勇于担当。

司马光曾写有《闲居》一诗，描写了身处逆境时的状态："故人通贵绝相过，门外真堪置雀罗。我已幽慵僮更懒，雨来春草一番多。"他还写有《自题写真》一诗："黄面霜须细瘦身，从来未识漫相亲。居然不可市朝往，骨相天生林野人。"

司马光的成就，不在官场在文坛。他带头抵制、反对王安石的新法新政，"保守"的一面显现得比较充分。立场观点不同，决定了他与王安石的政敌关系。但是，从士大夫的品德、品性、品行的角度看，司马光的固执，是光明磊落的，是坦坦荡荡的。司马光很赞赏唐相陆贽治国理政的思想。他在《资治通鉴》中引用陆贽的议论达39篇之多。应该说，对司马光不能简单以"保守"二字相评价。与王安石政见不合的人中，就有谏官范纯仁、李常、孙觉、胡宗愈等。司马光三次写信给王安石，列举新法弊端，要求废弃新法，恢复旧制。王安石自然寸步不让。这《与王介甫书》和《答司马谏议书》，一来一往，都是明枪明箭，朝野皆知。由此看来，司马光的《谏院题名记》就不只是就谏官说谏官了，而是说自己和自己的同路人。

书缘

《黄生借书说》为清代著名诗人袁枚所写,其文由黄允修向"随园主人"借书"说开去",提出了"书非借不能读"的观点。

袁枚在文中写道:

> 汗牛塞屋,富贵家之书,然富贵人读书者有几?其他祖父积、子孙弃者无论焉,非独书为然,天下物皆然。非夫人之物,而强假焉,必虑人逼取,而惴惴焉摩玩之不已,曰:今日存,明日去,吾不得而见之矣。若业为吾所有,必高束焉,庋藏焉,曰姑俟异日观云尔。

书是给人读的,不读,书有何用?这么简单的道理,其实又十分不简单。借书要还,不抓紧读不行。借阅"别人的"书,读后书还人了,而书中内容记在了自己心里。有钱人买得起书,书买进了家门,成了"私产",被束之高阁了。如果今日不读,过些日子还能想起来读,那还算说得过去,若完全放在书架上,为的是装装样子,显显排场,那真是可悲了。

读此文,能让人深想的地方很多。人处贫寒之地,没钱买书,然而真的热爱读书,珍惜光阴,专心读书。而人一旦发达,特别是有家财万贯之后,书放在书架上,百册千册万册,成了"摆设",仿佛此时书没有读的价值了。

"随园主人"是袁枚的代称,因其辞官后在南京置随园定居而来。由黄允修借书,袁枚想到了自己年幼家贫时的事:"有张氏藏书甚富,往借不与",他感慨道:"今黄生贫类予,其借书亦类予,惟予之公书,与张氏之吝书,若不相类。"张氏不借书给袁枚,袁枚肯借书给黄允修,"过去"与"现在"的对比,反差很大。

书是人写的,又是让人读的。读书人有书读,是人书的缘分,人幸,书幸。

借书来读,入眼入心,名无实有。

藏书万卷,不读不看,名有实无。

"有"与"无"的道理,在书里,又在书外。

本问

中国农业耕作技术的成熟，农业生产能力的成势，大大早于强于同一时期的欧洲国家。"后稷教民稼穑，树艺五谷；五谷熟而民人育。"孟子讲的这个"德化"的基础，便是农耕的足够发达。农耕为主，辅之以手工业和商业，这几乎是中国封建社会经济形态的基本构架。许倬云在《中西文明的对照》一书中曾写道："在欧洲的城市与腹地农村的领主地区，两种不同的经济形态共存互济，但是没有整合。相对而言，农业和手工业合一的市场经济，在中国编织为一个巨大的经济网络。凡此发展的差异，显示了在中古时代，欧洲和中国的形态具有很大的不同。"这一观点，值得重视。

《汉书·食货志》中载有贾谊的一篇专论积贮的奏疏。文中一连串的"问"给人印象深刻：

> 管子曰："仓廪实而知礼节。"民不足而可治者，自古及今，未之尝闻。古之人曰："一夫不耕，或受之饥；一女不织，或受之寒。"生之有时而用之亡度，则物力必

屈。古之治天下，至纤至悉也，故其畜积足恃。今背本而趋末，食者甚众，是天下之大残也；淫侈之俗日日以长，是天下之大贼也。残贼公行，莫之或止；大命将泛，莫之振救。生之者甚少而靡之者甚多，天下财产何得不蹶？汉之为汉，几四十年矣，公私之积，犹可哀痛。失时不雨，民且狼顾；岁恶不入，请卖爵子。既闻耳矣，安有为天下阽危者若是而上不惊者！

世之有饥穰，天之行也，禹、汤被之矣。即不幸有方二三千里之旱，国胡以相恤？卒然边境有急，数十百万之众，国胡以馈之？兵旱相乘，天下大屈，有勇力者聚徒而衡击；罢夫羸老易子而咬其骨。政治未毕通也，远方之能疑者，并举而争起矣。乃骇而图之，岂将有及乎？

夫积贮者，天下之大命也。苟粟多而财有余，何为而不成？以攻则取，以守则固，以战则胜。怀敌附远，何招而不至？今殴民而归之农，皆著于本，使天下各食其力，末技游食之民，转而缘南亩，则畜积足而人乐其所矣。可以为富安天下，而直为此廪廪也！窃为陛下惜之！

在漫长的农耕社会，鼓励农业生产，实现"粟多而财有余"，是许许多多良辅贤臣的梦想。贾谊的这篇《论积贮疏》之所以成为历史名篇，就因它充分代表着一批仁人志士为天下谋、为百姓计的博大胸怀、责任担当。

这篇贾谊23岁时写给汉文帝刘恒的奏疏，正视现实，针砭时弊，透见了太平盛世背后严重的社会经济危机，具有重要警示意义。

文中要点包括：一、阐释"仓廪实而知礼节"的前人训教名言；二、点明"生之者甚少而靡之者甚多"的危害；三、亮示"夫积贮者，天下之大命也"的观点；四、提出"殴民而归之农，皆著于本，使天下各食其力"的具体办法。

"五亩之宅，树之以桑，五十者可以衣帛矣。鸡豚狗彘之畜，无失其时，七十者可以食肉矣。百亩之田，勿夺其时，八口之家可以无饥矣。谨庠序之教，申之以孝悌之义，颁白者不负戴于道路矣。七十者衣帛食肉，黎民不饥不寒，然而不王者，未之有也。"《孟子·梁惠王上》中这段话，说的就是一个"本"字。农耕社会，不同于游牧社会和工业社会。民生，是"实"的，政治家治国理政脚也必须踩"实"。如宋代吴自牧《梦粱录·鲞铺》之言："盖人家每日不可阙者，柴米油盐酱醋茶。"民以食为天。在农耕社会中，一切的经济形态包括附着农业的手工业和商业，一切的政治形态、文化形态，都有赖于农业生产这个基础。重农思想的产生，本原也在这里。贾谊之前，有商鞅变法。秦国由弱变强，用的就是商鞅的耕战立国之策，重农抑商，奖励耕织，使秦国国力大增，为后来秦国统一天下奠定了坚实基础。

贾谊之后，又有王安石变法。王安石变法的重要内容之一，就是大兴农田水利工程，限制高利贷对农民的盘剥，大力发展农业生产，力图实现富国强兵目标，改变北宋积贫积弱的局面。

商鞅、贾谊、王安石身处农耕社会不同的时点上。从公元前338年商鞅被车裂，到公元前168年年仅33岁的贾谊抑郁而亡，再到公元1086年王安石在忧心忡忡中病逝，一千多年间，农业耕作水平和农业技术装备有了不小的变化，但随着人口增长和财政开支增加，农业生产背负的压力也越来越大。"富安天下"的根本措施依然是发展农业生产。客观讲，"重农抑末"思想有历史的局限性。把归农之外的都称为"末技游食之民"，使工商业成为社会末流，中国后来千年历史只能在农业上打转转，终于落伍。黄宗羲曾在《明夷待访录》中直语："世儒不察，以工商为末，妄议抑之。夫工固圣王之所欲者，商又使其愿出于途者，盖皆本也。"这种识见，是经济思想的巨大演进，其积极意义值得充分肯定。

　　当然，讲"重农抑末"政策的局限性，并不是说农业不该拥有根基般的地位。贾谊"不幸有方二三千里之旱，国胡以相恤？卒然边境有急，数十百万之众，国胡以馈之"之问，虽问在当时，真正应答却需更多时日。时至今日，尽管工业经济已十分发达，商业相当繁荣，科技已万分进步，粮食作为战略性资源的价值依然不容小觑，何况人类各地仍四处可见旱灾、水灾，"吃不饱、穿不暖"的民众仍不是一个"小数字"。这篇《论积贮疏》值得再读再思，继续读到何时？直至人间再无饥寒之虞。

洒脱

读陶渊明《五柳先生传》，给人的感觉是，文中的主角日子过得很是清苦，而心态却是相当的宽静、洒脱。本文只有二百多字，文字十分精练：

先生不知何许人也，亦不详其姓字，宅边有五柳树，因以为号焉。闲静少言，不慕荣利。好读书，不求甚解；每有会意，便欣然忘食。性嗜酒，家贫不能常得，亲旧知其如此，或置酒而招之；造饮辄尽，期在必醉。既醉而退，曾不吝情去留。环堵萧然，不蔽风日，短褐穿结，箪瓢屡空，晏如也。常著文章自娱，颇示己志。忘怀得失，以此自终。

赞曰：黔娄之妻有言："不戚戚于贫贱，不汲汲于富贵。"其言，兹若人之俦乎？衔觞赋诗，以乐其志。无怀氏之民欤？葛天氏之民欤？

《五柳先生传》写于陶渊明的晚年，是他的自画像。"环堵萧然，不蔽风日，短褐穿结，箪瓢屡空"，是其穷困潦倒、家境贫寒的真实写照。读此文，人们感受不到悲凉，感受到的是一种"不慕荣利""忘怀得失"的人生境界。

《五柳先生传》收入了吴楚材、吴调侯编选的《古文观止》卷七，其书中曾评价说："渊明以彭泽令辞归。后刘裕移晋祚，耻不复仕，号五柳先生。此传乃自述其生平之行也。潇洒澹逸，一片神行之文。"

陶渊明所处的时代，官场黑暗，世风污浊。看不惯这一切的他，选择了辞官归隐，可视为是无奈的而又发自内心的自我救赎。看透彻了，想明白了，陶渊明作出了自己的判断。还有没有更好的路可走？非要这样吗？后人可以这样问，但不能简单用"逃避"二字来评价他的选择。

"不戚戚于贫贱，不汲汲于富贵"，借此言，陶渊明自励自勉，自许自赞。"质性自然，非矫厉所得，饥冻虽切，违己交病。"在《归去来兮辞》序中，陶渊明心志全明。不慕珠玑罗绮，甘于粗食布衣。这种选择，告诉世人：贫贱不可怕，可怕的是人失去了初心。采取何种方式应对所处的社会政治环境，每个人会有自己的选择，而不忘初心，明白自己从何处来、因何而生存、又向何处去，才是真真正正的重要。

"无怀氏之民欤？葛天氏之民欤？"的设问，表达出作者对上古社会淳朴风尚的向往，对当世黑暗现实的嘲讽。在此设问，问向何人？答案又在哪里呢？作者此笔时，亦是伏笔处。

新旧

新陈代谢，是不可抗拒的规律。深思细想，这是第一层面。第二层面，还有个怎么代谢、何时代谢的问题。

钱穆说："今天我们有一个欠正确的观念，认为进步便是不要旧的了。不晓得进步是增加了新的，而在此新的中间还是包容着旧的。这才是进步，而不是改造。改造未必是进步。进步必是由旧的中间再增加上新的，新的中间依然保留着旧的，那么这个新的当然比旧的是进步了。"

"新"与"旧"，不等同于"好"与"坏"，不同于"先进"与"落后"。这个道理十分简单。评判"新"的东西是有益或利大于弊，需要实践的检验。留下来的"旧"的东西是有害或弊大于利，同样需要实践的证明。只是，这检验和证明不仅需要时间，更要付出一定的成本和代价。有的时候，收获大于付出，有的时候，收获小于付出，甚至得到手的是苦果。

"天道无亲，常与善人。"顺势而为者，自然有好结果。逆势而动者，自然没有好结果。结果如此迥异，提醒人们需要找寻到真正的内在规律。其实，不论新旧，认知起来，都要讲辩证法，都要一分为二，都不能绝对化、静止化。人类前行，是从昨日走到今日，还要走向明日。昨日的新，是今日的旧；今日的新，是明日的旧。新旧交替，新旧交织，沉潜和浮现于岁月的长河里，"不可见"与"可见"的一切，漫浸在人世间、自然界，由因至果，由果至因。李渔《闲情偶寄》中有语："新异不诡于法，但须新之有道，异之有方。有道有方，总期不失情理之正。"漫长的岁月里，人类要往前走，要过更好的日子，总要在新旧上掂量取舍，在传承和发展上用心着力，"加"什么，"减"什么，小事、大事，自是情理相通。

旧的积淀，有多种可能，至少有四：一是成为迈上新途的阶石，有了家底的铺垫，也有了经验教训的贮存；二是成为前进的包袱，抱着"已有"，没有了追求新收获的动力；三是成为发展的阻障，新的增长，同样有多种可能，或为今日成事、明日成事的某种动能，不仅成就今日的事业，还对明日的事业有益有利，或为今日、明日败事的某些根因；四是旧的沉淀有时反而是新事物的温床，新事物反由旧沉淀孕育而来。

社会的演化递进，是运动中的过程。"旧"的东西，与

"新"的东西，既在"交织"中"交替"，又在"交替"中"交织"。取取舍舍，昼夜不息。而何时取来何时舍弃，要把握其中的规律也并非易事。《韩非子》中有"时移而治不易者乱，能治众而禁不变者削"之言。清末维新派唐才常"尊新必威，守旧必亡"之句，作为激愤之言，是冲破重围之际的振臂高呼，讲的是崇尚新法的重要性。面对该丢弃的东西如果死守不放，那就要尝知历史车轮滚滚向前碾压的无情了。

"旧"的也好，"新"的也罢，都是人类的创建之果。对昨日的创建和今日的创建，衡量其价值的标准，是芸芸众生的根本利益，包括近利，也包括远益。去"旧"迎"新"，留"旧"添"新"，改"旧"换"新"，"新""旧"混用，选择可以多种多样，但存续的出发点和落脚点必须正确，目的是趋利避害，兴利除弊。由此来看，尽管新旧的"加减乘除"千变万化，但评价评判的标准并不复杂。

面对"新"与"旧"的交替、交织，既不能"得而复失""得不偿失"，又不能"因循守旧""抱残守缺"，在任一时点上，在任一领域间，人类都在进行艰难选择并承接选择的必然后果。

包容

《后汉书·光武帝纪》载:"四月,进围邯郸,连战破之。五月甲辰,拔其城,诛王郎。收文书,得吏人与郎交关谤毁者数千章。光武不省,会诸将军烧之,曰:'令反侧子自安。'"

"容错"二字,不仅需把握好尺度,即允许人犯多大的错误,而且要有宽阔胸怀。"容得下"并不是让有错的人一直错下去,让不好的事继续发展下去,而是促其"能够改正""能够改变"。人生苦短,同一时光段,人的"长处"发挥足了,"短处"自然会消缩,量变又会引起质变,此涨彼消,总是常态。相当多的时候,犯错的人会吸取教训,改过自新,重归正途。关键是还有没有这样的机会。

"容得下"是"用得上"的前提。"人无完人,金无足赤","用人之长,避人之短",道理知易行难。汉光武帝刘秀这样做,绝非"收买人心"这么简单,也非"权宜之计",而在于他爱惜人才,能从这些人的处境设身处地地理解人才,懂人的长短优缺,善于辨才、得才、用才。烧掉内有骂过自己话语的书信"证据",让"当事人"放下思想包袱,轻装上阵去建功立业,如此"忽略"掉一些"过去",为的是更大的"将来"。

这"将来",不只是汉光武帝的,也是这批"当事人"的,更是国家民族的。同心同向,凝神聚力,何事不成?后来曹操在官渡之战后烧毁一些部下与袁绍往来的书信,赢得了部下的拥戴,与此异曲同工。

"十年树木,百年树人"。治国理政人才星光来自万家灯火。识才聚才,化解消极,减负添正,扬长避短,是善政者的必然选择。

《大戴礼记·子张问入官篇》中有"故水至清则无鱼,人至察则无徒"之说,《汉书·东方朔传》中有"明有所不见,聪有所不闻,举大德,赦小过,无求备于一人之义也"之句,苏轼在《上神宗皇帝书》中有"多方包容,则人才取次可用"之言,均说明,有容乃大,减少阻力,增加助力,才能"上下亲而不离",共谋宏图大业。

人非圣贤,孰能无过。错又分大小,分在特定环境下的保全之计还是本性如此,需要掂量轻重,需要区分缓急,避免"以人之小恶,亡人之大美"。包容是有尺度界限的,不是姑息养奸,不是迁就纵容,而是辨识错之大小,并给人知错改过将功补过的机会。"人才之行,自昔罕全,苟有所长,必有所短。若录长补短,则天下无不用之人;责短舍长,则天下无不弃之士。"陆贽的人才之论,透彻无比。他还有一句话,更让人难忘:"然则兴王之良佐,皆是季代之弃才。"从"弃才"到"良佐",人同样异,问题出在哪里?出在了识才用才上。慧眼辨识人才,扬长避短使用人才,必成大业。"良工琢玉,不弃小玭""苟因一事之失而弃一人,则天下无全人矣"之言给人启发。

孟子曾说:"天时不如地利,地利不如人和。三里之城,七里之郭,环而攻之而不胜。夫环而攻之,必有得天时者矣;然而不胜者,是天时不如地利也。城非不高也,池非不深也,兵革非不坚利也,米粟非不多也;委而去之,是地利不如人和也。故曰:域民不以封疆之界,固国不以山溪之险,威天下不以兵革之利。得道者多助,失道者寡助。寡助之至,亲戚畔之;多助之至,天下顺之。以天下之所顺,攻亲戚之所畔;故君子有不战,战必胜矣。"

"人和"二字,解析起来,不甚容易。清代魏源在《默觚·治篇七》中有言:"不知人之短,不知人之长,不知人长中之短,不知人短中之长,则不可以用人,不可以教人。用人者,取人之长,辟人之短;教人者,成人之长,去人之短也。"人和，要在善于做"加法""减法"，把人之长聚集到最大，把人之短消缩到最小。如此，必能成事。这里，又要分为"内和"和"外和"。"战必胜"的三个条件，"人和"超过了"天时""地利"。"内和"要同心同德，善于化解消极，聚合力量；"外和"要善交友朋，求同存异。实现这样的目标，执政团队都要有宽广的政治胸怀，有高远的政治方略，有足够的政治魄力。

互见

作家杨绛曾写道:"读《论语》,读的是一句一句话,看见的却是一个一个人,书里的一个个弟子,都是活生生的。一个一个样儿,各不相同。""我们看到孔门弟子一个人一个样儿,而孔子对待他们也各不相同,我们对孔子也增多几分认识。"

看一个人,不只是要看他本人,看他自己说什么话,做什么事,成就了什么,败坏了什么,还须看他周围的人,尤其是他的盟友、朋友,他的敌人、对手。

杨绛对孔子和他的弟子们的观察视角,找到了一条"互见"的路径。孔子眼中的弟子们与弟子们眼中的孔子,是互动的关系,也是对应的关系。想深入了解孔子,那看看他喜欢什么样的弟子,不喜欢什么样的弟子,弟子做了什么样的事孔子高兴,弟子做了什么样的事孔子不高兴。在对弟子们的不同评议中,人们能够更真切地认识孔子是什么样的人。

比如孔子最喜欢的弟子是颜回,最不喜欢的弟子是宰予。颜回忠诚、贤良、谦虚、好学,有涵养、有修养,而宰予呢,懒惰成性，言行不一，不懂装懂。弟子众多，才品各异，孔子授业传道，与弟子们坦诚相处，打动人的故事甚多。

《论语》中，孔子和弟子们谈天说地，道古论今，从"互见"中能感受到孔子思想根柢深厚，弟子们学用结合后的枝繁叶茂。

再比如刘邦和项羽。刘邦"胜出"，原因很多，至少三点是关键：一是决策正确，二是用人得当，三是胸襟开阔。《史记·高祖本纪》中记述了刘邦一段话："夫运筹帷幄之中，决胜于千里之外，吾不如子房。镇国家，抚百姓，给馈饷，不绝粮道，吾不如萧何。连百万之军，战必胜，攻必克，吾不如韩信。此三者，皆人杰也，吾能用之，此吾所以取天下也。项羽有一范增而不能用，此其所以为我擒也。"刘邦此言，透着七分得意，也有三分自誉，但说的也是事实，更是与项羽的反差所在。项羽的英雄气概，令人赞叹，但其过错也显而易见，"缺少"的东西，恰恰都在刘邦这里。由此看两个人的"结局"，便高低立见了。

时代轮替，绵延有序。盛衰荣枯，自然规律。人生百年，白驹过隙。在某一时点上，每个人都会形成了一个或大或小的"影响圈"。这个"影响圈"，是相互作用的。从"互见"的角度出发，会让人们在看人论事时，更加客观、全面，少些武断和偏见。孟子说过:"吾闻观近臣,以其所为主;观远臣,以其所主",这就是"互见"的方法。"秦桧还有三个朋友。"这句话说得让人多了三分冷静。对待成者败者,可以见仁见智,可以黑白相分,可以毫厘必较,但史实义理的固有存在,总可公论呈现,让真相大白。

标准

史学家顾随曾讲过:"《史记》是辣,尤其《项羽本纪》。辣不是神韵,是深刻。写《高祖本纪》,高祖虽成功,然处处表现其无赖;项羽虽是失败,而处处表现出是英雄。英雄多不是被英雄打倒,而是被无赖打倒。"

"英雄"败于"无赖"的事例,顾随先生举的是项羽和刘邦的故事。这里,核心不是哪个人是英雄,哪个人是无赖,而在于英雄、无赖的"标准"问题。何为"英雄"、何为"无赖"?其实,在不同人心目中,"英雄"标准是不同的,古人和古人不同,今人和今人不同,古人和今人不同。而对无赖,"标准"似很相同。

唐太宗与大臣许敬宗曾有一番评价人的对话。唐太宗问许敬宗:"朕观群臣之中,惟卿最贤,人有议卿非者,何哉?"许敬宗回答:"春雨如膏,农夫喜其润泽,行人恶其泥泞;秋月如镜,佳人喜其玩赏,盗贼恨其光辉;天地之大尤憾而况臣乎?"在历史上,许敬宗是有争议的人物。唐太宗的问与许敬宗的答,告诉我们,看人论事,站位及标准很重要。

项羽的"鲁莽""天真""自负",与刘邦的"沉稳""老练""清醒",形成了巨大反差。把讲究策略、谋略,知轻重、进退的刘邦归于"无赖",实在有些偏颇。英雄不是自封的,无赖亦非想说谁是谁就是的。项羽、刘邦都是英雄。英雄不一定一直从胜到胜,可以从败到胜,也可以从胜到败,只要在历史长河里闪过光亮,作出过在当时有益于社会和芸芸众生的不凡举措、贡献,都可以称为英雄。项羽从战无不胜到一败涂地,刘邦从退避三舍,甘拜下风,到最终奠定了大汉江山,都不能说不是英雄。

项羽"外向",刘邦"内敛";项羽"锋芒毕露",刘邦"深藏不露";项羽"好面子""公子气",刘邦"讲实惠""接地气"。两个人的差别,是品德、品行上的,还是性格、风格上的,需要正确判断和甄别。一个"英雄",一个"无赖",两千年来翻案者不太多,说刘邦"无赖"主要是说他对部将、亲人的态度和处置如同无赖,倒不是从功业上说的。

看待历史人物,之所以众说纷纭,有时甚至分歧不小,很大程度上,源自利益立场之异同,胸怀眼界之异同。这些异同决定了标准尺度上的异同。评价项羽和刘邦,不少人是受"情绪化"的影响:同情败亡的项羽,厌恶获胜的刘邦。而"情绪化"的东西,往往是"不理智"的结果。

说听

《太平广记》中有篇《东城老父传》,讲述了一位"传奇人物"的故事。全文如下:

老父姓贾名昌,长安宣阳里人。开元元年癸丑生。元和庚寅岁,九十八年矣。视听不衰,言甚安徐,心力不耗。语太平事,历历可听。父忠,长九尺,力能倒曳牛,以材官为中宫幕士。景龙四年,持幕竿,随玄宗入大明宫诛韦氏,奉睿宗朝群后,遂为景云功臣,以长刀备亲卫,诏徙家东云龙门。

昌生七岁,趫捷过人,能抟柱乘梁,善应对,解鸟语音。玄宗在藩邸时,乐民间清明节斗鸡戏。及即位,治鸡坊于两宫间。索长安雄鸡,金毫铁距、高冠昂尾千数,养于鸡坊。选六军小儿五百人,使驯扰教饲。上之好之,民风尤甚。诸王世家,外戚家,贵主家,侯家,倾帑破产市鸡,以偿鸡直。都中男女以弄鸡为事,贫者弄假鸡。

帝出游，见昌弄木鸡于云龙门道旁，召入为鸡坊小儿，衣食右龙武军。三尺童子入鸡群，如狎群小，壮者弱者，勇者怯者，水谷之时，疾病之候，悉能知之。举二鸡，鸡畏而驯，使令如人。护鸡坊中谒者王承恩言于玄宗。召试殿庭，皆中玄宗意。即日为五百小儿长。加之以忠厚谨密，天子甚爱幸之，金帛之赐，日至其家。

开元十三年，笼鸡三百从封东岳。父忠死太山下，得子礼奉尸归葬雍州。县官为葬器。丧车乘传洛阳道。十四年三月，衣斗鸡服，会玄宗于温泉。当时天下号为"神鸡童"。时人为之语曰："生儿不用识文字，斗鸡走马胜读书。贾家小儿年十三，富贵荣华代不如。能令金距期胜负，白罗绣衫随软舆。父死长安千里外，差夫持道挽丧车。"

昭成皇后之在相王府，诞圣于八月五日。中兴之后，制为千秋节。赐天下民牛酒乐三日，命之曰"酺"，以为常也。大合乐于宫中，岁或酺于洛。元会与清明节，率皆在骊山。每至是日，万乐具举，六官毕从。昌冠雕翠金华冠，锦袖绣襦袴，执铎拂。导群鸡，叙立于广场，顾眄如神，指挥风生。树毛振翼，砺吻磨距，抑怒待胜，进退有期，随鞭指低昂，不失昌度。胜负既决，强者前，弱者后，随昌雁行，归于鸡坊。角牴万夫，跳剑寻橦，蹴球踏绳，舞于竿颠者，索气沮色，逡巡不敢入，岂教猱扰龙之徒欤。

二十三年，玄宗为娶梨园弟子潘大同女，男服佩玉，女服绣襦，皆出御府。昌男至信、至德。天宝中，妻潘氏以歌舞重幸于杨贵妃。夫妇席宠四十年，恩泽不渝，岂不敏于伎，谨于心乎。上生于乙酉鸡辰，使人朝服斗鸡，兆乱于太平矣。上心不悟。

十四载，胡羯陷洛，潼关不守。大驾幸成都，奔卫乘舆。夜出便门，马踣道阱。伤足不能进，杖入南山。每进鸡之日，则向西南大哭。禄山往年朝于京师，识昌于横门外。及乱二京，以千金购昌长安洛阳市。昌变姓名，依于佛舍，除地击钟，施力于佛。洎太上皇归兴庆宫，肃宗受命于别殿，昌还旧里。居室为兵掠，家无遗物。布衣憔悴，不复得入禁门矣。明日，复出长安南门道，见妻儿于招国里，菜色黯焉。儿荷薪，妻负故絮。昌聚哭，诀于道。

遂长逝，息长安佛寺，学大师佛旨，大历元年，依资圣寺大德僧运平住东市海池，立陁罗尼石幢。书能纪姓名、读释氏经，亦能了其深义至道，以善心化市井人。

建僧房佛舍，植美草甘木。昼把土拥根，汲水灌竹，夜正观于禅室。

建中三年，僧运平人寿尽。服礼毕，奉舍利塔于长安东门外镇国寺东偏，手植松柏百株。构小舍，居于塔下。朝夕焚香洒扫，事师如生。

顺宗在东宫，舍钱三十万，为昌立大师影堂及斋舍。又立外屋，居游民，取佣给。昌因日食粥一杯，浆水一升，卧草席，絮衣。过是悉归于佛。妻潘氏后亦不知所往。

贞元中，长子至信，依井州甲，随大司徒燧入觐，省昌于长寿里。昌如己不生，绝之使去。次子至德归，贩缯洛阳市，来往长安间，岁以金帛奉昌，皆绝之。遂俱去，不复来。

元和中，颍川陈鸿祖携友人出春明门，见竹柏森然，香烟闻于道。下马觐昌于塔下。听其言，忘日之暮。宿鸿祖于斋舍，话身之出处，皆有条贯。遂及王制。鸿祖问开元之理乱。昌曰："老人少时，以斗鸡求媚于上。上倡优畜之，家于外官，安足以知朝廷之事。然有以为吾子言者。老人见黄门侍郎杜暹，出为碛西节度，摄御史大夫，始假风宪以威远。见哥舒翰之镇凉州也，下石堡，戍青海城，出白龙，逾葱岭，界铁关，总管河左道，七命始摄御史大夫。见张说之领幽州也，每岁入关，辄长辕挽辐车，辇河间蓟州庸调缯布，驾辖连轨，坌入关门。输于王府，江淮绮縠、巴蜀锦绣、后官玩好而已。河州敦煌道，岁屯田，实边食，余粟转输灵州，漕下黄河，入太原仓，备关中凶年。关中粟麦，藏于百姓。天子幸五岳，从官千乘万骑，不食于民。老人岁时伏腊得归休，行都市间，见有卖白衫白叠布。行邻比鄽间，有人禳病，法用皂布一匹，持重价不克致，竟以幞头罗代之。近者老人扶杖出门，阅街衢中，东西南北视之，见白衫者不满百。岂天下之人，皆执兵乎？开元十二年，诏三省侍郎有缺，先求曾任刺史者。郎官缺，先求曾任县令者。及老人见四十，三省郎吏，有理刑才名，大者出刺郡，小者镇县。自老人居大道旁，往往有郡太守休马于此，皆惨然，不乐朝廷沙汰使治郡。开元取士，孝弟理人而已。不闻进士宏词拔萃之为其得人也。大略如此。"

因泣下。复言曰："上皇北臣穹庐，东臣鸡林，南臣滇池，西臣昆夷，三岁一来会。朝觐之礼容，临照之恩泽，衣之锦絮，饲之酒食，使展事而去，都中无留外国宾。今北胡与京师杂处，娶妻生子。长安中少年有胡心矣。吾子视首饰靴服之制，不与向同，得非物妖乎？"

鸿祖默不敢应而去。

这个故事，有头有尾，活灵活现，"神奇"而不"怪诞"。

贾昌生于开元元年（公元713年）。七岁时成为"天子甚爱幸之"的鸡坊总管，负责宫中的"斗鸡事务"。

贾昌从小就"靠本领吃饭"，"能抟柱乘梁""解鸟语音"，且赶上了一个斗鸡之风盛行的"好时候"，很快便"出人头地"。后来，娶妻生子，"夫妇席宠四十年"。

在"安史之乱"中逃过一劫后，贾昌遁入长安佛寺中。公元810年，有一位叫陈鸿祖的文人在佛寺中见到了已98岁的贾昌，他们之间有了一次"深谈"。

从"斗鸡神童"到"鸡坊总管"，再到遁入空门，贾昌的"角色"定位，是自己的，更是历史的。文章铺陈贾昌年幼年轻时的得宠，实际上是在批评唐玄宗时的政治用人，并委婉道出唐王朝由盛而衰的真实原因。唐王朝由盛转衰的关键节点上，像贾昌这样的"当事者"，实属"见多识广"之人。

贾昌这个不见正史的"小人物"，与正史中的一些"大人物"同时活生生地展现在一篇"小说"中。让人"忘不了"的，不只是他的"一技之长"，而是那个时代的由盛转衰的"痛点"。《东城老父传》一文的最耐读的部分，是"听其言，忘日之暮"的陈鸿祖出现开始的,贾昌向陈鸿祖讲不少"从前"的事情。从贾昌的叙述中,透见出大唐当年的盛景。这是一个"关中粟麦,藏于百姓"年代。在这个年代,用人标准也十分公正:"孝弟理人而已。"

当然,贾昌评说"时局"不光是讲"从前",还要讲"现在"。

"今北胡与京师杂处,娶妻生子。长安中少年,有胡心矣。吾子视首饰靴服之制,不与向同,得非物妖乎?"这番"今不如昔"的论调,陈鸿祖如何敢附和呢?只好"默不敢应而去"。

对文中陈鸿祖这个人物,后人一直在"考证"。不少人认为,他就是唐贞元二十一年(公元805年)进士陈鸿。陈鸿曾任太常博士、虞部员外郎、主客郎中等职。主要著作有《大统记》《长恨歌传》等。

其实,《东城老父传》作者是谁、文中人物是谁并不重要,此文之所以一直受人关注,关键一点是作者"借嘴说话"的水平很高,不动声色地以"文中人物"讲故事的方式评说了"昨天"和"今天"。"盛唐"这一页虽翻过去了,但在许多人内心深处,这一页翻得相当沉重。吕思勉曾说:"唐朝的盛衰,以安史之乱为关键。""安史之乱首尾不过8年,然对外的威力自此大衰，内治亦陷于紊乱，唐朝就日入于衰运了。"藩镇的跋扈，外患的侵扰，国运当何？贾昌和陈鸿祖文中的对话，一个想要往"深处"说，一个不敢往"深处"处听。"说"与"听"，说者有心，听者亦有心。有心说者想知听者的回应，有心听者，听清楚了也想清楚了，但不能回应。"过来人"和"现实人"的"站位"大不相同，"反差"就自然形成了。这不只是"文学手法"的妙用，还是史观潜移默化浸染的体现。

黄仁宇曾说过这么一番话："我和许多学历史的人一样，认为一件重大的情事，牵涉广泛，竟已发生，又不可逆转，则当中必有理由，是为历史的仲裁。"这番话，讲的是主观和客观的关系。貌似偶然的事实呈现，总有其客观的必然。"说出来"与"不说出来"，从来不会影响事实的客观存在。

儒法

史学家李源澄对秦短汉长有专门论述。他不是就秦说秦，就汉说汉，而是把秦汉都放在一个"大时代"里看究竟。李源澄认为："吾国真正的大一统政治，不能不说是秦开其端，而汉完成之，故秦、汉的历史，自其表言之，固一嬴一刘，以此代彼；自其里言之，只能算是一个时期，其共同势力者，皆所以造建大一统之时代与奠定大一统之时代而已。"

"大一统之时代"，就是秦汉的历史定位。李源澄对秦短汉长作了一番解释："在一种巨变之下，必有许多问题产生。一方是对过去事件的处理，一方是对将来的要求，若能予以圆满解决，即能完成此重大之使命，否则即以武力勉强作成，亦必归于崩溃。秦之短祚，不能不说是对此应付不得其宜。汉之为汉，能传至数百年之久者，实有其所以然，而非侥幸所致也。"

"秦之习俗风尚，与汉之后纯然两样，这完全是由于法家和儒家政治主张之不同，大一统政治之不能不采用儒术，乃自然之势，非少数人的好恶能为也。"这是李源澄的"结论"。

"大一统之时代"需要有大一统的学说、理论、政略是很对的，均富安民、重德教、用好才知之士，也是必需的。但将法家和儒家政治主张"对立"起来，认为秦短命短在使用了法家思想主张，汉长命长在尊崇了儒家思想主张，又过于简单片面了。其实，不必将法治和德治对立起来，"德主刑辅"这四个字概括得比较精准恰当。秦所以亡，根子在新朝乍立，民心未服又实施暴政，失去了人心，这"人"里面，有才知群体，更有劳苦大众。"得道多助，失道寡助。"得人心，是由一件件事积累起来的，有一个过程；失人心，也是由一件件事积累起来的，也有一个过程。芸芸众生的近利远益，是任何执政者必须始终要牢牢把握好的关键。学说、理论、政略等，一切都应以芸芸众生的根本利益为出发点、落脚点。

水能载舟，亦能覆舟。千古一理，中外共通。芸芸众生的力量，无形又有形，可是平缓的静流，可是浪涛的洪流，顺应者兴，背离者亡。法家的代表中有些人之所以成为"悲剧人物"，相当程度上，是施法失当造成的。秦之兴盛，法家的作用不可低估，突破常规、不同俗流的商鞅、李斯等人，对秦由弱到强功不可没。实际上，汉之久、唐之久、宋之久、明清之久，执政者掌握运用的恰都是儒法两手。崇尚仁德与讲求法治，并非冰火关系，兼使善用，才可长治久安。不论因人成事，还是因事成人，都能为这种结论提供足够的案例支撑。

见识

何谓历史？历史是过去的光景。千年万年是历史，三年五载是历史，一分一刻也是历史。

凡史街之一程一段，总承载许多人和事。这里，关键在于：记载、评说已经"过去了"的一切，史变成《史》于今天明日究竟何益？史学家吕思勉说："盖事易见而理难明，自谓能明原理者，往往所执仍系实事，事已过去而犹欲强而行之，则泥古之祸作矣。世之侈谈皇古以理想太高者，其不可用即由于此。"显然，让"过去了"的事情原原本本重新"再现"，是不可能、不现实了。而从"过去了"的事情中，找到"理"，供今天、明天参考借鉴，则是虽艰难却有意义、虽付出却有价值的行为。

不论由近问远，还是由远思近，人的历史观最为重要。毛泽东年轻时曾在《致萧子升信》中写道："天地道藏之邃窅，今古义蕴之奥窔，或蕃变而错综，或散乱而隐约，其为事无域，而人生有程，人获一珠，家藏半璧，欲不互质参观，安由博征而广识哉？"

"古为今用"，可由今日困惑查鉴昔日类似问题处置之法，可由昔日成败得失理出今日的参考镜鉴。

把"过去了"的事情，"留下来"，沉甸甸的"史实"，加上深邃的"见识"，那么，这《史》就会价值不菲。确保源真翔实是根基。有了牢实的根基，再加上非凡的见识，才会有不朽的史作。而"见识"二字，"见"在前，"识"在后。如果再往细里想，"见"又分为"人见"与"己见"，"识"又分为"人识"和"己识"。从量上分析，古往今来，古今中外，"人见""人识"总是占绝大多数，而"己见""己识"只占极少部分。这"己见""己识"中，人与人之间，又差别甚大。同样百年人生，从事史学研究，有的人辛劳中收获颇丰、见深识广，有的人忙碌中收获甚少，见少识浅。

《史》源于史。史海浩瀚，而《史》载有限。史永远大于、多于、繁于《史》。史官记史，"第一位"的是要把握紧要的人和事，抓住时代征貌，"主要人物""重大事件""转折过程""关键时刻""偶然变故"……大凡"不能缺少"的一切，一切的"不能缺少"，万万不可遗漏。

史学家有史学家的"成就标尺"。经千淘万漉，能够绵延千载，成为"史著"的，其因皆是善于"以史证文""以文成史"。刘知几说："苟史官不绝，竹帛长存，则其人已亡，杳成空寂，而其事如在，皎同星汉。用使后之学者，坐披囊箧，而神交万古；不出户庭，而穷览千载。""由斯而言，则史之为用，其利甚博，乃生人之急务，为国家之要道。"

史学家的基本功，除了把准史实，还要有贯通、归纳、疏理的能力及比较、透视、识评的水平。史学家的差别，很大程度上不是占有史料上的差别，而是史思、史识上的差别。对同样的人和事，不同史学家会有不同评价，甚或完全不同。究其原因，是多方面的：有立场、观点上的不同，有学识高低、见识深浅上的不同，也有看问题角度上的不同，等等。

司马迁、司马光善于用独特的视角对"某种历史现象""某一历史事件""某个历史人物""某一历史过程"进行辨析、评论。司马迁在《史记》中，写有134篇"太史公曰"，司马光在《资治通鉴》中，写有114篇"臣光曰"。"连通古今"为的是"说古论今"。"说古论今"有"四讲"。一是"照着讲"，二是"延伸讲"，三是"接着讲"，四是"反着讲"。"照着讲"是认可史料真实存在并进行复述。"延伸讲"是研明事理并能由此及彼。"接着讲"是续进了新的史料发现。"反着讲"的时候，很可能是看到了某些"假""伪"的东西。

史学家的这"四讲"，是要有真本领的。这"四讲"中，最见功底的,最难的,是"反着讲",敢于打破成见,敢于提出质疑,敢于讲出另一番道理。从"太史公曰""臣光曰"中,可见深沉睿智,可见独到眼光,可见敞亮胸怀。

准确、全面、客观地看人论事,经常要回答"是什么""为什么""因何来""为何去"这些问题。史学家回答表层的问题并不难,难的是经过沉思默察,由表及里说清楚深层次的问题,这才是见功底的关键。从事考古学研究的陈胜前教授有言:"中华文明之于天道、礼乐的强调,在新石器时代遗存中就能找到踪迹。"作家李敬泽曾语:"历史的面貌,历史的秘密就在这些最微小的基因中被编定,一切都由此形成,引人注目的人与事不过是水上浮沫。"对于"最微小的基因"和"水上浮沫",史学家需要尽可能地"全看清""全看懂"才行。

黄仁宇在《赫逊河畔谈中国历史》一书《大陆版卷后琐语》中,谈到了检讨历史的心得体会:"此即当中的结构庞大,气势磅礴,很多骤看来不合情理的事物,在长时期远视界的眼光之下,拼合前因后果,看来却仍合理。"这番话,透见了史学的旨要所在。人和事都是具体的,甚至是碎片化的,而对整体的历史进程的把握,总能折射出对人对事的更为清亮的光照。史学大家的不寻常处,往往就在这里。

公道

评价历史人物，最关键是"公道"二字。比如王安石，《宋史》上的记载和评价，甚为偏颇，甚至是彻头彻尾的否定。

《宋史·论》曰：

朱熹尝论安石"以文章节行高一世，而尤以道德经济为己任。被遇神宗，致位宰相，世方仰其有为，庶几复见二帝三王之盛。而安石乃汲汲以财利兵革为先务，引用凶邪，排摈忠直，躁迫强戾，使天下之人，嚣然丧其乐生之心。卒之群奸嗣虐，流毒四海，至于崇宁、宣和之际，而祸乱极矣"。此天下之公言也。昔神宗欲命相，问韩琦曰："安石何如？"对曰："安石为翰林学士则有余，处辅弼之地则不可。"神宗不听，遂相安石。呜呼！此虽宋氏之不幸，亦安石之不幸也。

蔡东藩的《宋史演义》中也有这样的话：

上有急功近名之主，斯下有矫情立异之臣。如神宗之于王安石是已。神宗第欲为唐太宗，而安石进之以尧、舜，神宗目安石为诸葛、魏徵，而安石竟以皋、夔、稷、契自况。试思急功近名之主，其有不为所惑乎？当时除吴奎、张方平、苏洵外，如李师中者，尝谓其必乱天下。

新法非必不可行，安石非必不能行新法，误在未审国情，独执己见，但知理财之末迹，而未知理财之本原耳。

"论曰"中"天下之公言"的"说法"和蔡东藩的"演义"之言，其实并不公道。

问题的关键是三点：第一，王安石的改革思路对不对？第二，王安石改革的方法对不对？第三，王安石改革的时机对不对？对这三点，看明白和说明白都不容易。兴利除弊，扭转积贫积弱的局面，这是王安石与宋神宗一开始"一拍即合"的共鸣点。在《本朝百年无事札子》中，王安石认为革新图强"大有为之时，正在今日"。

王安石的改革，确确实实是全方位、多领域的。设立制置三司条例司，是关键的一步。此后，《均输法》《青苗法》《市易法》《募役法》《方田均税法》《农田水利法》《置将法》《保甲法》《保马法》一一出台。公元1071年，颁布改革科举制度法令，实行太学三舍法制度。轰轰烈烈的"大拆大建"是空前的，遇到的阻力、障碍也是空前的。改革的紧迫感除了国家面临的困境，再就是保守派的阵阵声讨。从启动改革，保守派便一而再，再而三地给宋神宗施加压力。

《宋史·王安石传》载：

> 七年春，天下久旱，饥民流离，帝忧形于色，对朝嗟叹，欲尽罢法度之不善者。安石曰："水旱常数，尧、汤所不免，此不足招圣虑，但当修人事以应之。"帝曰："此岂细事，朕所以恐惧者，正为人事之未修尔。今取免行钱太重，人情咨怨，至出不逊语。自近臣以至后族，无不言其害。两宫泣下，忧京师乱起，以为天旱，更失人心。"

这种把"天灾"与"新法""新政"联系起来的说法，是保守派的反攻策略，宋神宗显然受到了很大影响。

王安石与司马光的公开论战，是有代表性的。细读《与王介甫书》《答司马谏议书》，便知双方都固执己见，都说得有理有据，都在据理力争，也都寸步不让。

当时反对的力量之大，王安石是否预估到了，尚且不知。

公元1086年，改革失败，新法尽废，保守派获胜。这一年的5月21日，王安石郁然病逝，时年66岁。可以说，他是在许多人的咒骂声中合上双眼的。王安石死后，对"新法""新政"的否定性评价一直延续许多年。政治家、史学家时不时会说到王安石，说到王安石推行的"新法""新政"。其中，"祸国殃民"说甚嚣尘上。

汉代扬雄有"为可为于可为之时则从，为不可为于不可为之时则凶"之言。王安石的改革，具有"超前性"，必然是冒着极大风险。黄仁宇的评价是："王安石与现代读者近，而反与他同时人物远。"生在特定的时代里，政治家要认清所处的历史方位，找准时弊症结所在，出示"诊断结果"，开出"治病药方"，还要让围在上下左右的人都认同这"诊断结果"和"治病药方"，相当艰难。还有一点，就是"服药"后的反应，"药效"显现有个过程，且往往有"副作用"。这里，人们心理上的准备和承受能力如何又相当关键。王安石推行的一系列"新法""新政"的"超前性"与社会现实的"落后性"，与宋神宗及朝中诸老臣心理承受能力，形成了巨大反差。这反差，注定了"新法""新政"的命运。

从王安石改革的"反对者"名单中和"合作者"名单中，还能看到另一个现象：不少"反对者"并不是奸邪之人，如司马光、欧阳修、程颐、苏轼、苏辙、黄庭坚等，而一些"合作者"竟品德很差，如吕惠卿之流。这又让人对王安石改革的团队包括与同僚沟通、相处、合作的方法产生了疑问。

看待王安石和他力推的改革举措，显然不应该持"否定"的态度，也不应用"责怪"的眼光。王安石敢于冲破重重阻碍搅动起全方位改革的壮阔波澜，目的是民富国强，彻底改变国家积贫积弱之困局，仅此一条，后人所望见的定是个伟人。

当然，王安石在推进改革的过程中有许多不足。比如，他在推行"新法""新政"之时，忘掉了"凡事有利有弊"的哲理，只见其利，忽略其弊。其实，即便是利大于弊的事情，如果能有配套的举措将弊消解、弱化，会使更多人受益而成为"新法""新政"的支持者。

部分的"不合时宜"，部分的"不良运作"，部分的"不当用人"，其实，仅仅是"部分"，但方方面面的"部分"叠加起来，集合起来，凸显起来，麻烦就大了。

有人会说，如果宋神宗多活十年八年，保守派上不了台，会是另一个结局。其实，这种"假设"不仅毫无意义，更是十分幼稚。王安石拜相又罢相，两任两罢，说明了宋神宗的摇摆不定，更深一层看，王安石把"开源"放在更重的位置上，解决生产过少的问题，想调动天下农民的生产积极性，但他触碰到的，是大地主阶级的根本利益。在封建时代，皇帝是大地主阶级的代表。王安石如此选择，饱尝失败后果自是难免。

王安石推行"新法""新政"，有急于求成的心态。改变"百年之积，惟存空簿"的困局，面对严峻的外敌侵扰，王安石急得有道理。

但王安石得到了很差的"时评"，《宋史》最为典型。

唐介对王安石的评价相当有代表性。《宋史》载："帝欲用安石，曾公亮力荐之，介言其难大任。帝曰：'文学不可任耶？经术不可任耶？吏事不可任耶？'介对曰：'安石好学而泥古，故议论迂阔，若使为政，必多所变更。'退谓公亮曰：'安石果用，天下必困扰，诸公当自知之。'"

《宋史》对王安石与同僚相处的否定几乎是"彻底"的："于是吕公著、韩维，安石藉以立声誉者也；欧阳修、文彦博，荐己者也；富弼、韩琦，用为侍从者也；司马光、范镇，交友之善者也；悉排斥不遗力。"

公道有时姗姗来迟。

梁启超在《王安石传》中说："若乃于三代下求完人，惟公庶足以当之矣。悠悠千年，间生伟人，此国史之光，而国民所当买丝以绣，铸金以祀也。距公之后，垂千年矣，此千年中，国民之视公何如，吾每读宋史，未尝不废书而恸也。"

千年虽长，终会过去。到了近现代，对王安石说"公道话"的人多起来了。

"公道话"不是一味说好，把王安石的"新法""新政"说得十全十美，而是"一分为二"，有一说一，有二说二，讲其贡献，也说其不足。触及变法失败原因，也更加客观、辩证了。

毛泽东在《致萧子升信》中这样评价说："王安石，欲行其意而托于古，注《周礼》，作《字说》，其文章亦傲睨汉唐，如此可谓有专门之学者矣，而卒以败者，无通识，并不周知社会之故，而行不适之策也。"

黄仁宇这样说过："王安石能在今日引起中外学者的兴趣，端在他的经济思想和我们的眼光接近。他的所谓'新法'，要不外将财政税收大规模的商业化。他与司马光争论时，提出'不加赋而国用足'的理论，其方针乃是先用官僚资本刺激商品的生产与流通。如果经济的额量扩大，则税率不变，国库的总收入仍可以增加。这也是刻下现代国家理财者所共信的原则，只是执行于十一世纪的北宋，则不合实际"，"王安石的故事是中国历史里的一大题目，几世纪以来对他作褒贬者不知凡几,迄今现代仍左右国际的视听。"

公道不是简单的下"肯定""否定"的结论。这不是公道的标准。用国家、民族、大众的近利远益这把尺子丈量,视见"长远",把握"大处",扣准"根本",跳出历史局限,除去个人恩怨,"七三开""五五开""四六开"……有好说好,有坏说坏,看人论事先要放在当时的时代背景下观察考量,再放在人类发展的进程中比较分析,这样评论得失长短成败就不会出大问题了。

后人如何评说王安石,王安石自己是不知道了。但王安石写有《读史》一诗,把心迹敞亮在史街上了:"自古功名亦苦辛,行藏终欲付何人。当时黮暗犹承误,末俗纷纭更乱真。糟粕所传非粹美,丹青难写是精神。区区岂尽高贤意,独守千秋纸上尘。"这种心态表露,是自醒自励,也是一种彻悟。

奇文

柳宗元《贺进士王参元失火书》是篇奇文。奇在何处？奇在当得知别人家着火之后，不仅不表示同情慰问，反而要写信祝贺。全文如下：

得杨八书，知足下遇火灾，家无余储。仆始闻而骇，中而疑，终乃大喜，盖将吊而更以贺也。道远言略，犹未能究知其状，若果荡焉泯焉而悉无有，乃吾所以尤贺者也。

足下勤奉养，宁朝夕，惟恬安无事是望也。乃今有焚炀赫烈之虞，以震骇左右，而脂膏滫瀡之具，或以不给，吾是以始而骇也。凡人之言，皆曰盈虚倚伏，去来之不可常，或将大有为也，乃始厄困震悸，于是有水火之孽，有群小之愠，劳苦变动，而后能光明，古之人皆然。斯道辽阔诞漫，虽圣人不能以是必信，是故中而疑也。以足下读古人书，为文章，善小学，其为多能若是，而进不能出群士之上，以取显贵者，无他故焉。京城人多言足下家有积货，士之好廉名者皆畏忌，不敢道足下之善。独自得之，心畜之，衔忍而不出诸口，以公道之难明，而世之多嫌也。一出口，则嗤嗤者以为得重赂。仆自贞元十五年见足下之文章，蓄之者盖六七年未尝言，是仆私一身而负公道久矣，非特负足下也。及为御史尚书郎，自以幸为天子近臣，得奋其舌，思以发明足下之郁塞。然时称道于行列，犹有顾视而窃笑者，仆良恨修己之不亮，素誉之不立，而为世嫌之所加，常与孟几道言而痛之。乃今幸为天火之所涤荡，凡众之疑虑，举为灰埃，黔其庐，赭其垣，以示其无有，而足下之才能乃可显白而不污，其实出矣。是祝融、回禄之相吾子也。则仆与几道十年之相知，不若兹火一夕之为足下誉也。宥而彰之，使夫蓄于心者，咸得开其喙，发策决科者，授子而不栗，虽欲如向之蓄缩受侮，其可得乎？于兹吾有望乎尔，是以终乃大喜也。古者列国有灾，同位者皆相吊，许不吊灾，君子恶之。今吾之所陈若是，有以异乎古，故将吊而更以贺也。颜、曾之养，其为乐也大矣，又何阙焉？

足下前章要仆文章古书，极不忘，候得数十篇乃并往耳。吴二十一武陵来，言足下为《醉赋》及《对问》，大善，可寄一本。仆近亦好作文，与在京城时颇异。思与足下辈言之，桎梏甚固，未可得也。因人南来，致书访死生。不悉。宗元白。

此文细细讲述了得知火灾后的心情变化。"知足下遇火灾，家无余储。仆始闻而骇，中而疑，终乃大喜，盖将吊而更以贺也。"这从"始闻而骇"，再到"中而疑"，再到"终乃大喜"，以至于"更以贺也"，变化陡然，从一端到另一端，究竟为何呢？在此之后，便分几段，讲何以"骇"，讲何以"疑"，讲何以"喜"，最后，落到了"贺"上，真正是做到了"自圆其说"。

《贺进士王参元失火书》写于永州。杨八名敬之，伯父杨凭是柳宗元的岳父。杨八是王参元的好友，与王参元同为元和二年（公元807年）进士及第。杨八告知的事，是准确的消息。王参元父亲王栖曜曾任左龙武大将军、廊坊节度使，富甲一方。颇有才气的王参元，遭人嫉恨，受到非议，有其自身主观努力解决不了的"问题"，从表面看，这个"问题"就是"家有积货"。

王参元自幼刻苦读书，博涉经史，身上并无纨绔子弟之气，进士及第后与李贺、柳宗元等人为友。家境富裕的王参元,"勤奉养、乐朝夕"是其安逸生活的写照。王参元一直处于怀才不遇的状况。当一场大火将王参元家烧了个一干二净,这世人再看王参元,就又不一样了。

柳宗元在此文中,面对不曾被重用的王参元,用"幸灾乐祸"的口吻说了这样一句话:"仆与足下十年之相知,不若兹火一夕之为足下誉也。"其实,作为"旁观者",柳宗元是"话中有话":在真正公平、公正、公道的用人制度下,用谁不用谁,怎么用,自应有客观的标尺,哪会是由这把火来决定的?

世道人心,人心世道。古往今来的所有人,都会身处一定社会政治时空。许多的有形和无形,都需要时观后看。柳宗元这篇书信佳作,运用祸福相依的辩证思想,针砭的是当时社会政治之弊。

古往今来,浩瀚文海,奇文不少。每当读到奇文,真需在迷离中往里面看、往深处想。《贺进士王参元失火书》一文峻洁尚简,深沉郁愤,不读上三遍,实难懂其真正用心。

安危

《管子·九守》中有"目贵明，耳贵聪，心贵智。以天下之目视，则无不见也；以天下之耳听，则无不闻也；以天下之心虑，则无不知也"之言。任何政治家首先是普通人，衣食住行，喜怒哀乐，生老病死，与常人无异。但政治家又不同于常人。不同于何处？要有"天下之目""天下之耳""天下之心"。

贾谊存世的文章不多，《治安策》是让人读了放不下的一篇。

贾谊生于公元前200年，卒于公元前168年，这篇《治安策》又名《陈政事疏》，是他任梁怀王太傅期间所写。在汉王朝刚刚建立二十多年，天下呈现大治盛景之际，贾谊此文具有"居安思危"的警示价值。毛泽东曾说："《治安策》一文是西汉一代最好的政论，贾谊于南放归来著此，除论太子一节近于迂腐以外，全文切中当时事理，有一种颇好的气氛，值得一看。"鲁迅曾评价其为"西汉鸿文，沾溉后人，其泽甚远"。

贾谊《治安策》开篇，在"可为痛哭者一，可为流涕者二，可为长叹息者六"之后，提出了"夫抱火厝之积薪之下而寝其上，火未及燃，因谓之安，方今之势，何以异此"的警言。

在此文中，贾谊针对分封诸侯王的弊端，提出了"众建诸侯而少其力"的方针，这样"割地定制"的目的是巩固中央政权，他还对其他政治、经济、军事等问题提出了自己的看法，如富商大贾经济力量的膨胀、北方匈奴问题。贾谊《治安策》写于公元前174元，当年就发生了淮南王刘长阴谋叛乱的事。在梁怀王入朝骑马堕亡之后，贾谊提出了为梁王刘揖立继承人的对策，被汉文帝所采纳。

王安石这样评论过贾谊："一时谋议略施行，谁道君王薄贾生？爵位自高言尽废，古来何啻万公卿。"

贾谊之策，深谋远虑，虽仅为汉文帝部分采纳，也对西汉王朝的长治久安起了一定作用。后来，汉景帝采用晁错的"削藩策"，及汉景帝三年出现的吴楚七国之乱，更让人想到20年前这篇《治安策》的"先见之明"。汉武帝颁令实行主父偃提出的"推恩令"，其实就是贾谊"众建诸侯而少其力"的"施政版"。汉武帝时还实现了贾谊另一个主张：禁止私人铸钱，由中央统一铸钱。

《治安策》中有一段话，说在两千多年前，至今仍需要琢磨其要义："凡人之智，能见已然，不能见将然。夫礼者禁于将然之前，而法者禁于已然之后，是故法之所用易见，而礼之所为生难知也。若夫庆赏以劝善，刑罚以惩恶，先王执此之政，坚如金石，行此之令，信如四时，据此之公，无私如天地耳，岂顾不用哉？然而曰礼云礼云者，贵绝恶于未萌，而起教于微眇，使民日迁善远罪而不自知也。孔子曰：'听讼，吾犹人也，必也使毋讼乎！'为人主计者，莫如先审取舍，取舍之极定于内，而安危之萌应于外矣。安者非一日而安也，危者非一日而危也，皆以积渐然，不可不察也。人主之所积，在其取舍，以礼义治之者，积礼义；以刑罚治之者，积刑罚。刑罚积而民怨背，礼义积而民和亲。故世主欲民之善同，而所以使民善者或异。或道之以德教，或殴之以法令。道之以德教者，德教洽而民气乐；驱之以法令者，法令极而民风哀。哀乐之感，祸福之应也。秦王之欲尊宗庙而安子孙，与汤武同，然而汤武广大其德行，六七百岁而弗失，秦王治天下，十余岁则大败。此亡它故矣，汤武之定取舍审而秦王之定取舍不审矣。夫天下，大器也。今人之置器，置诸安处则安，置诸危处则危。"

这段话中"今人之置器，置诸安处则安，置诸危处则危"

之句，点明了"治"与"乱"取决于政治家的作为。

《治安策》全文较长，读起来，逻辑性颇强，是一气呵成之作，正如明代唐顺之所言："此文凡七节，而起结变化，节节不同。"值得注意的是文中的"礼"字。这个"礼"，不是一般的道德礼节，而是"规矩""秩序""制度"。写此文时，贾谊才27岁，而又过了6年，贾谊便抑郁而死。从汉文帝，到汉景帝、汉武帝，至到更后来，贾谊的名声日渐响亮。

安中有危，这是政治定势；安不忘危，这是政治觉悟；危中求安，这是政治目标。贾谊之所以让人惦记，《治安策》《过秦论》《论积贮疏》《吊屈原赋》《鵩鸟赋》等所以不朽，在于他忧国忧民情怀浑厚博大，在于他心中始终亮着一盏不怕风吹雨打的救世暖灯。

贾谊之作，多为散文和辞赋。散文又多是政论文。这些政论文，文风朴实峻拔，议论酣畅淋漓。刘勰《文心雕龙·奏启》中称其奏疏是"理既切至，辞亦通畅，可谓识大体矣"。"识大体"，这三个字，何人可得此誉？

清代乔亿在《剑溪说诗》中曾语"史迁以屈、贾合传，从其类以见志也。"司马迁在《史记》中将屈原、贾谊"合"起来写、"合"起来评说，实在是意味深长。

分合

苏洵、苏辙写的《六国论》，颇为耐人寻味。苏洵为父，苏辙为子，父子二人共同关注六国之亡这段史实，两篇文章各有自己的独到见解。苏洵的《六国论》中把六国亡灭之因归于赂秦："六国破灭，非兵不利，战不善，弊在赂秦；赂秦而力亏，破灭之道也。""秦以攻取之外，小则获邑，大则得城。较秦之所得，与战胜而得者，其实百倍；诸侯之所亡，与战败而亡者，其实亦百倍。则秦之所大欲，诸侯之所大患，固不在战矣。"苏洵进而指出："以赂秦之地，封天下之谋臣；以事秦之心，礼天下之奇才；并力西向，则吾恐秦人食之不得下咽也。"这"药方"当然是"回头看"开出来的。其实，六国之败，是战略的失败，也是经济、政治、军事体制落后于秦国的必然结果。

苏辙的《六国论》同样在查找六国灭亡的根因，只不过又换了一个角度：秦国成功运用了"远攻近交"的策略，而六国纷纷上当。苏辙《六国论》写道："夫秦之所以与诸侯争天下者，不在齐、楚、燕、赵也，而在韩、魏之郊；诸侯之所与秦争天下者，不在齐、楚、燕、赵也，而在韩、魏之野。"几句话，透析天下大势。这里，秦国早看明白了，而糊涂的是六国。

韩国、魏国求得"一时之安"，给秦国攻伐齐、楚、燕、赵让出了"大通道"。苏辙问道："夫韩、魏诸侯之障，而使秦人得出入于其间，此岂知天下之势耶！委区区之韩、魏，以当强虎狼之秦，彼安得不折而入于秦哉？韩、魏折而入于秦，然后秦人得通其兵于东诸侯，而使天下遍受其祸。"这几句话，讲明了韩、魏的处境，以弱抗强，两个国家也不是秦国的对手。

如何改变六国被一一击破的局面呢？苏辙的观点是："夫韩、魏不能独当秦，而天下之诸侯，藉之以蔽其西，故莫如厚韩亲魏以摈秦。秦人不敢逾韩、魏以窥齐、楚、燕、赵之国，而齐、楚、燕、赵之国，因得以自完于其间矣。"

面对虎视眈眈的秦国，四国"厚韩亲魏"做得到吗？韩、魏为了四国利益勇敢地站出来抗秦做得到吗？苏辙认为："以四无事之国，佐当寇之韩、魏，使韩、魏无东顾之忧，而为天下出身以当秦兵；以二国委秦，而四国休息于内，以阴助其急。若此，可以应夫无穷，彼秦者将何为哉？"这些六国都做不到。苏辙愤然落笔："不知出此，而乃贪疆场尺寸之利，背盟败约，以自相屠灭，秦兵未出，而天下诸侯已自困矣。至于秦人得伺其隙以取其国，可不悲哉！"

苏轼也写有一篇《六国论》，但他针对的不是六国，而是秦国，是在总结秦亡的原因。这篇《六国论》不是不说六国，是探究六国久存而秦速亡的道理，且将六国久存的原因归于"皆争养士自谋"，而秦始皇、秦二世这方面做得都很差。

从苏洵、苏辙、苏轼的《六国论》，再到贾谊的《过秦论》、杜牧的《阿房宫赋》，总结六国破灭之路，审视秦帝国速亡之因，各有角度，也各有一番沉甸甸的良苦用心。

存疑

史书上对某人某事的记载，有时是"长篇大论""有头有尾"，有时是"一鳞半爪""一句半句"，有时甚至是"一笔带过""含糊其辞"。作为后人，要看清楚背后的真实并不容易。

《史记·仲尼弟子列传》载：

有若少孔子四十三岁。有若曰："礼之用，和为贵，先王之道斯为美。小大由之，有所不行；知和而和，不以礼节之，亦不可行也。""信近于义，言可复也；恭近于礼，远耻辱也；因不失其亲，亦可宗也。"孔子既没，弟子思慕，有若状似孔子，弟子相与共立为师，师之如夫子时也。他日，弟子进问曰："昔夫子尝行，使弟子持雨具，已而果雨。弟子问曰：'夫子何以知之？'夫子曰'诗不云乎？月离于毕，俾滂沱矣。昨暮月不宿毕乎？'他日，月宿毕，竟不雨。商瞿年长无子，其母为取室。孔子使之齐，瞿母请之。孔子曰：'无忧，瞿年四十后当有五丈夫子。'已而果然。敢问夫子何以知此？"有若默然无以应。弟子起曰："有子避之，此非子之座也！"

这段记载，讲了一个故事：有若因长相像孔子而被"立为师"，又因智慧达不到孔子的水平而被赶下师座。真有这么一回事吗？《孟子》一书中，有一段记述也提到这件事："昔者孔子没，三年之外，门人治任将归，入揖于子贡，相向而哭，皆失声，然后归。子贡反，筑室于场，独居三年，然后归。他日，子夏、子张、子游以有若似圣人，欲以所事孔子事之，强曾子。曾子曰：'不可，汉江以濯之，秋阳以暴之，皜皜乎不可尚已。'"此番叙述已经把故事讲得更深了一层。

在《论语》中，除孔子外，被称为"子"的只有曾参和有若。《论语·学而》载：有子曰："其为人也孝弟，而好犯上者，鲜矣；不好犯上，而好作乱者，未之有也。君子务本，本立而道生。孝弟也者，其为仁之本与！"这里展现了有若对"礼""和""信""恭"内涵认知的鲜明观点。《荀子》中也提到："有子恶卧而焠掌，可谓能自忍矣，未及好也。"

从多处记载看，有若这个人有点"固执"。《礼记·檀弓》中记有曾子和有若的一番"对话"。曾子曰："晏子可谓知礼也已，恭敬之有焉。"有若曰："晏子一狐裘三十年，遣车一乘，及墓而反；国君七个，遣车七乘；大夫五个，遣车五乘，晏子焉知礼？"曾子曰："国无道，君子耻盈礼焉。国奢，则示之以俭；国俭，则示之以礼。"对话中，两人观点迥然不同。

有若还有一种"较真"精神，总要和人争辩，也敢于直率地亮明自己的观点。比如，有若讲"和"，有其原则："大小由之，有所不行，知和而和，不以礼节之，亦不可行也。"比如，有若崇"义"，亦有其内涵："信近于义，言可复也。恭近于礼，远耻辱也。因不失其亲，亦可宗也。"《韩非子》载：宓子贱治单父。有若见之曰："子何臞也？"宓子曰："君不知贱不肖，使治单父，官事急，心忧之，故臞也。"有若曰："昔者舜鼓五弦、歌《南风》之诗而天下治。今以单父之细也，治之而忧，治天下将奈何乎？故有术而御之，身坐于庙堂之上，有处女子之色，无害于治；无术而御之，身虽瘁臞，犹未益也。"

《孟子·公孙丑上》中载："宰我、子贡、有若，智足以知圣人，污不至阿其所好。宰我曰：'以予观于夫子，贤于尧舜远矣。'子贡曰：'见其礼而知其政，闻其乐而知其德，由百世之后，等百世之王，莫之能违也。自生民以来，未有夫子也。'有若曰：'岂惟民哉？麒麟之于走兽，凤凰之于飞鸟，太山之于丘垤，河海之于行潦，类也。圣人之于民，亦类也。出于其类，拔乎其萃，自生民以来，未有盛于孔子也。'"

"太史公曰"："学者多称七十子之徒，誉者或过其实，毁者或损其真，钧之未睹厥容貌，则论言弟子籍，出孔氏古文近是。"司马迁在记述孔子门徒的事迹时，实际上也持有保留态度。

有若在孔子门徒中的口碑如何，在儒林中的地位如何，自有客观的评价标准。《史记》中记载的这个"故事"有些奇巧，过了两千多年，依然难辨真假。《礼记·檀弓上》有"有若之丧，悼公吊焉，子游摈，由左"的记载。鲁悼公是鲁哀公的儿子。《论语·颜渊第十二》中曾有一段鲁哀公与有若的"对白"：哀公问于有若曰："年饥，用不足，如之何？"有若对曰："盍彻乎？"曰："二，吾犹不足，如之何其彻也？"对曰："百姓足，君孰与不足？百姓不足，君孰与足？"这番道理，不仅鲁哀公听进去了，也成为后世之名言警句，有若的影响可见一斑。

思到深处人孤独。有若是怎样一个人？他如飞上最高枝头栖居的俊鸟，自然要面对疾风劲吹、羽毛零落的结局。

史海茫茫，浩瀚深阔。纸短言长，挂一漏万。凭书文记载的一鳞半爪，难观事由真貌。尽管关于有若"长相"的故事可信度有待进一步考证，但今天人们想知道的，不是这则故事本身的真假，而是这则故事背后会有更多的"看不见"的东西。

图书在版编目（CIP）数据

史街寻微 / 庹震著 . —— 北京：新星出版社，2024.6
ISBN 978-7-5133-5648-0

Ⅰ.①史… Ⅱ.①庹… Ⅲ.①随笔 – 作品集 – 中国 – 当代 Ⅳ.① I267.1

中国国家版本馆 CIP 数据核字 (2024) 第 091468 号

史街寻微

庹震 著

责任编辑　林　琳
责任校对　刘　义
装帧设计　冷暖儿
责任印制　李珊珊

出 版 人	马汝军
出版发行	新星出版社
	（北京市西城区车公庄大街丙 3 号楼 8001　100044）
网　　址	www.newstarpress.com
法律顾问	北京市岳成律师事务所
印　　刷	北京天恒嘉业印刷有限公司
开　　本	787mm×1092mm　1/32
印　　张	7.625
字　　数	127 千字
版　　次	2024 年 6 月第 1 版　　2024 年 6 月第 1 次印刷
书　　号	ISBN 978-7-5133-5648-0
定　　价	58.00 元

版权专有，侵权必究。如有印装错误，请与出版社联系。
总机：010-88310888　　传真：010-65270449　　销售中心：010-88310811